美绘生活

Life

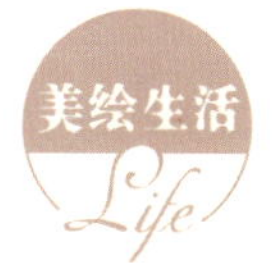

秘密花园

My Secret Garden

林丽琪◎著

青岛出版社

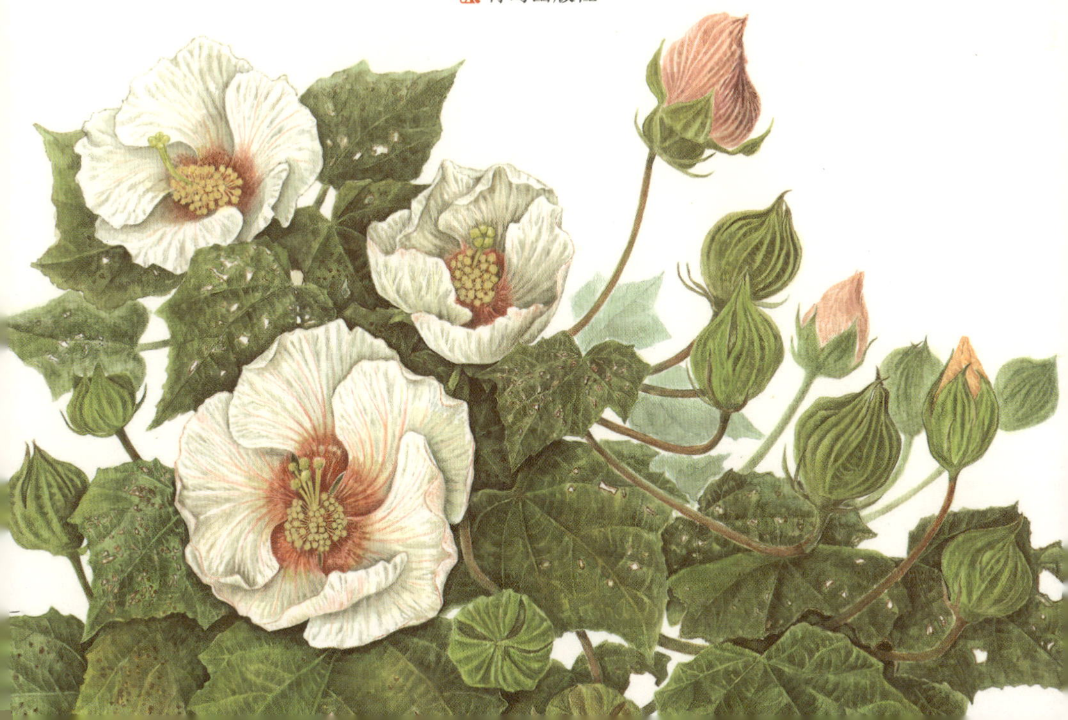

【出版序】
用植物画写下生活日记

一九九九年，大树文化事业股份有限公司“野花日记征文”活动揭晓，林丽琪是十位入选者之一。发布会当天，她捧着多年累积的画作来与大家分享，我们赫然发现一位沉浸在植物画中的实力派画家。

她仿佛置身于大自然的花园，身边的一花一草、一虫一物，都在她经营的画面上绽放高彩度的生命颜色。一个平凡的家庭主妇，身兼两个孩子的母亲，居住在北投热闹的城市边，她用了多少时间创作这么多令人吃惊的画作，她又以怎样的心情创作这些令人叹为观止的画作?

不为别的，只因生活中的花虫鸟兽打动了她的心，而她迫不及待地要将这一切画在纸上。那种渴望经常在动笔之后就决了堤，以致时而忘记家务事，停留在动植物面前，专注神往。

从丽琪的绘画笔记中，我们发现她的主妇生活一点也不枯燥无聊，相反，在平凡的生活中，她非常细腻地品味每一刻的“惊喜”，尽管在别人看来只不过是些鸡毛蒜皮般无足轻重的小事。因此，当我们看到她的画和笔记，就约略看到她的生活样貌。或许，比起许多人来，丽琪的生活不算精彩，然而，看完她的作品集，我们不得不讶异于她将原本看似平凡的生活过得如此有味。

丽琪的画，与她这个人一样，给人一种新鲜感。因为她的画大多来自生活的记录，不是科学辨识用的图鉴画，所以给人一种特有的亲和力，让人觉得它们不只是科学性的，还带着文学性与生活趣味。

从另一方面来说，虽然这些画不作为图鉴用，但这并不表示画风草草如文人戏笔，单从精细的描绘就可发现她的一丝不苟。复杂的构图中，每一个花瓣、每一片叶子都得到认真刻画，这更凸显了她平实中的耐心与毅力。

丽琪不是一位生物专家，在她的文字中也看不到沉重而严肃的环保呼吁，然而，她的人、她的画作与她的生活一样，简朴而真实，让我们看到的是一个真正快乐而满足的自然家居生活者。这样新鲜且真诚的作品，想必读者一定有深深的共鸣。

【序】

画出细腻又鲜活的花花朵朵

蔡明进

记得是在六年前，我到北投奇岩社区“妈妈绘画班”当老师，有四十多位妈妈参加，其中有位年轻妈妈，身材娇小，眼睛亮亮的，不大爱说话，画起画来相当专注。后来，我知道她叫林丽琪。

第一单元的课程安排是铅笔素描一个圆形水果，我发现她对“形”的掌握相当正确，笔触也细腻。

第二单元的主题是“蔬菜”，她找来一颗包心白菜，用心地画出复杂的叶纹，细心地想把包心白菜旺盛的生命力表达出来。

之后，在画“瓶瓶罐罐”时，她又选了一个 SAPPORO BEER 的铝罐来画。这个罐子有好多个折面，因此有复杂的折射光面，但她却能够细心地捕捉出多面反光的明与暗。

通过这几个单元的描画过程与表现，我发现她对难画的东西有极大的挑战心；对明暗的层次变化，很轻松地掌握；画一幅作品所费的时间和精力，比一般人要多得多；对人工物、自然物之线条的硬直与柔软，懂得巧妙地分别表现。

进入水彩画学习时，我叮咛妈妈们不要用传统的水彩技法——只偏重水分的渲染式描绘，而要注意笔的运用。我强调，不但要分别使用大、中、小笔来画，而且要用“红豆笔”来代替画水彩画用的小笔，才能在画花朵时表现出叶子的细微部分，也能细腻地画出花瓣和花蕊来。这一点，丽琪巧妙地用来表现她所见、所种、所爱的每一朵花、每一片叶和每一株草。

针对她喜爱描绘花草植物，我也和她一起分析了日本当代有名的植物画专家的画作，比如松冈达英、熊本千佳慕、高桥清等人的生态画。这让她有学习名家与欣赏名画的机会，同时也刺激她更深入、更细腻地把花花草草画得更鲜活、更出色。

我在想，如果你跟丽琪一样不是艺术科班出身，没有傲人的绘画经历，却无比喜爱自然界的花花草草及珍惜身边的生活点滴，只是一直没有勇气把这些画下或写出，那么，看了这本书，你一定会得到极大的鼓舞！

目录

卷 3 锹甲的探险

卷 4 圣诞饰品

北
丹凤山
丹凤山座落于台北市北投区，是大屯山系南端
的一个山岭，标高仅百余米，视野良好。
可眺望观音山、大屯山系、台北盆地。
丹凤山上植物种类繁多，多砂岩巨石，
地质景观特殊。然而，不断有人盲目开发，
火烧山林，以及整地种菜。
希望能规划成具有自然风光、
历史遗迹与生命奥秘的步道。
纱帽山
三角埔崖
松涛断崖
大屯山
陈济棠将军墓园
建于1956年，原墓园里
墓前有碑碣、牌坊，坊上
大书"懋绩长昭"；但如今
已成废墟，目前仅存三座
草形凉亭、一座宫殿式凉亭、
喷泉和阅览室。
希望能保留原有
建筑，与社区结合，
将阅览室规划成
自然生态馆，
成为一个
体验自然、
亲近自然的地方。
火烧林
如何到达丹凤山？
可搭乘淡水线捷运
到北投站或奇岩站，
或乘坐216路公交车于
福安宫站下车，再步行
到陈济棠将军墓园登山口。
丹凤
新光建设
新光建设
工地危
中和禅寺
西
陈济棠将军墓园
福安宫

东
熙明净寺
远建棚
马尾松林
大自然山庄
崇仰公园
丹凤公园
丹凤山庄
公馆路
崇仰路
公馆路
清江图书馆
丹凤山常见植物
桃金娘
野牡丹
马缨丹
山菅兰
山黄栀
吕宋荚蒾
菝葜
五节芒
南

【楔子】

通往秘密花园的小径

先生上班、小孩子上学后，我总是一个人独自占有白天的每一刻：手握彩笔像刺绣般一笔一笔地细细画；和画桌上的植物默默对望；有时听音乐，随着乐章一起去吹风、看海、翱翔。偶尔会接到这样的电话：“今天的水很热，要不要泡温泉？”蠢蠢欲动的心催促着我拿起毛巾，在灌了一大杯水后出发。北投是个靠山的小镇，人口虽密集，生活却很悠闲，爬山、泡温泉是最热门的活动。许多住户都沿山坡而建，形成一条条用砂岩砌成的石阶小巷，山壁旁长出各种植物。

每天起床后，我总是先到阳台去感受天气，看看是否要浇花，有没有新芽长出来。有时看得入神，忘记了担任家人闹钟的职责。家人出门后，爬山成为我放松的首选，带着小狗莉莉进入陈济棠将军墓园，听小昆虫们帮这座花园配乐；走在步道的林径上，感受太阳依时令强弱变化着的光线；坐在松涛断崖的大岩石上，欣赏山峦间的层层变化；走到三角岬崖，观看紧挨着陡峭岩石顽强生长的灌木丛、地热谷冉冉升起的白烟，感受扑鼻而来的一股股浓烈硫黄气；站在丹凤山山顶，俯瞰观音山的娴静样貌，以及淡水河流过关渡平原的缓缓步态。

还有，五色鸟的叫声笼罩着照明净寺的相思林，松树林在瑰丽的岩石旁伫立，一大片奇特地质景观浪涛般浩荡。春天，昆虫们忙着在桃金娘的花海中飞梭；酷热难耐的夏日，野牡丹热情绽放；秋天的五节芒白浪般随风波动；大头茶在冬日盛开……

最近，我发现了一条茂密的枫林小径，看不到任何建筑，尽是繁茂的杂木林和春天新绿的嫩芽，我的心雀跃着……现在，请跟随我的画笔，一起去探索这座秘密花园吧！

卷1 *彩色岛屿

调色盘里的颜料就像地球上的岛屿，
我的水笔像海浪般冲刷侵蚀着彩色板块，
陆地愈来愈小，五颜六色的海水在其中荡漾，
海岸一点一点地消失，
原本连接在一起的土块因冲刷而分开，
有的地形因冲击较少而消失得慢。
一块块消失的颜料跑到我的画面上来了，
变成叶子、花朵、果实和昆虫，
慢慢地，又出现鸟儿、树木、大自然……

夕阳般的炮仗花

朋友的陶艺工作室和我家在同一条路上，只需三分钟的路程。傍晚，朋友打电话邀我去看美丽的夕阳。本来在画画的我，抬头往天空一看，还好嘛！我说：“只有一个太阳。”她说：“太阳会有两个吗？”我的意思是天空灰灰的，没什么光束，也没有绚丽的晚霞。放下电话，夕阳愈来愈红。她在工作室拉着坯，透过那棵老樟树看夕阳；我手中握着水彩笔，透过阳台的植物看夕阳，数完一、二、三，红红的火球掉入浓浓的云烟中，不见了。此刻，我正画着如夕阳般艳丽的炮仗花。

广播电台栏目中说：“每一次的艺术创作都是一个起点，但每一次都不能满足，想追求下一个更美好、更完美的作品。”我也常有这样的感触，虽然画过两次台湾火棘的果实，但每次看到它红透透、发亮的果实，又激起想画它的欲望，希望画得比上一次更好。（1月2日）

公馆路上的台湾火棘，果实紧密地挤在一起。

奇岩路围墙上的炮仗花，像一串串鞭炮一样，火焰似的开放着。

叶子、果实和种子

丹凤山上的植物，颜色特别美。走在山路上，很容易被大自然的色彩所感动，捡回好多穿了美丽华服的果实、种子和叶片。常在想，这是否跟地热谷飘浮在空气中的硫黄有关，就像家里的不锈钢用品被硫黄气腐蚀，泛了一层铁锈般的颜色。

这张画没有任何构图，只是随意地捡到什么就画什么，果实和叶子们的运气如何，被摆放在什么位置，全看是什么时候被捡到的。（1月3日）

广东蛇葡萄叶
尤加利叶
枫香树叶
大花咸丰草的种子
红蝴蝶的荚果
吕宋荚蒾的果实
野桐叶
橄榄叶
山乌桕叶
山黄栀的果实

捡橄榄

这阵子走到丹凤山步道的石阶口，得小心，别被绿色的果实打到头。在几棵好高、好大的橄榄树下，一年四季都可以欣赏到红色落叶。现在，每天清晨天还没亮，就有人拿着手电筒在树下找果实，看他们用大米袋装，就知道这几棵树结了多少果实；为了让果实掉下，有人手拿长竹竿敲打树枝，甚至折断整根枝条，好狠！

那天到阳台晒棉被，门没关好，莉莉又偷跑出去，我只好跑出去追。本想先引诱它到山上再想办法抓住，结果它却像孙悟空一样，一会儿在我前头，一会儿又从小山路绕到我身后。我又打算抛石子和它玩，趁它不注意时逮住，但这已然是老套了，计划完全失败！我应该练习像个西部牛仔，学会甩出绳子套住小动物的技法，否则只有干着急的份儿。追到步道口，我已气喘如牛，走到树下索性随手捡了几颗人家遗漏的橄榄，回家把果实洗净，用开水烫过，再腌上糖……走到窗边，却惊喜地发现莉莉回来了，就在巷口。我蹑手蹑脚地走进巷子，藏在花台的一棵桂花树旁，想趁它走过时拦住它。可惜，它发现了我，又逃之夭夭了！

早上在步道的石阶上，发现了两三颗被啃过的橄榄果实，表皮有着细密的齿痕。是谁这么顽皮呢？果实旁有几粒深咖啡色的粪便……（1 月 7 日）

松鼠啃过的橄榄
和排下的粪便

为了摘橄榄，儿子用铁丝做了个像问号的钩子，再用棉绳绑住。他走到橄榄树下，将绳索往上抛，钩住枝条后往下拉，好不容易才采到了橄榄。

朋友曾送我一瓶自制的橄榄酱，做法是把橄榄洗净晾干，用盐腌渍一晚，阴干后，把籽挖掉，在果肉里放入糖和少许辣椒末儿。

山和云

马醉木垂列在花梗上的小白花，释放出淡淡清香。

外面下着雨，一大片、一大片渲染的云停滞在山前，山只显出线条和平面，看不清山脊和树林，留下一面面灰灰的蓝绿。从储物箱找出好久没穿的黑色长筒雨鞋，拿了把骨折的红色雨伞往山上走。橡胶的鞋底还有止滑的效果，脚踩在湿湿的路面上，感觉涩涩的。

路旁的马醉木，在枝梢结了淡绿色中泛着暗红色的花蕾，有些枝头已有一朵朵像铃铛的白色小花，多么可爱啊！去年成熟后裂成五瓣的蒴果，还留在枝叶间。

像小学生一样，我故意把鞋踏在有水洼的路面，溅出水花，发出叭叭声，玩得好开心。下坡时，突然觉得脚踝处有种针扎的刺痛，以为有什么小枝扎进去，脱下袜子一看，原来脚踝处已磨破皮，只好踮着脚，跛着走回家。（1 月 11 日）

羊角藤

今天清晨，天色特别暗，和平常一个时间点出门爬山，却像在夜游，看不清楚山路。走到半山腰往山下一看，整个大台北的路灯闪烁着，妹妹惊叹道：“好像打开的钻石珠宝盒。”山上微风吹起，整座城市显得格外灿烂。

往前走了十五分钟，突然一阵怪声，就像老巫婆吃掉小孩前发出的咆哮声，令人毛骨悚然。我和妹妹都被吓到了，到底是要继续往前走，还是逃回家？最后，我们决定紧牵着莉莉向前走。约过了五分钟，遇到了一对老夫妇，悬在心头的石头才落下来——原来是那位老太太发出的恐怖又悬疑的笑声。天渐渐亮了，站在山顶上，正好看到从北投市区到山区的路灯一一熄灭。一旁的小花鼠刺，开着一串串的小白花，雪花般点缀在绿丛中。突然，发现了羊角藤的果实，它的植株攀爬在一株植物的茎上。回家后，切开果实，白色乳汁溢出，种子井然有序地一片片排列着，即将带着种子旅行的羽毛丝带般柔亮。（1 月 12 日）

羊角藤的果实有层纤维质的网状果皮，保护着种子。

未成熟的羊角藤种子呈乳黄色，有秩序地排列成锥状；成熟后，飞行器会像伞一样张开，带走种子。

我家附近的马路旁有一棵年长的五角枫，种子成熟后随风飞扬。
这棵从花盆里长出的小五角枫已经送人，它幼小时的样子却永远留在画面上。

五角枫的叶子和种子

生命的种子

冬春交接之际，所有的野花都枯寂，除了大花咸丰草不怕冷依然绽放，草丛边还开着一朵桃粉色的花，那是冬日的最后一朵野牡丹，还是春天的第一朵呢？五六只白头翁不畏寒冷，于十摄氏度左右的低温中，停在比人高的五节芒长长的叶片上头，摇来荡去。

在步道的石阶上，捡了几片五角枫的叶子。好美的颜色，是最近寒流的影响吗？叶子的颜色从暗红、鲜红、洋红到艳红，每一片都不一样。叶缘留下的那一点绿色，似乎告诉我们春天将要来临的信息。长得像蜜蜂翅膀的种子，有着细密的纹理，成熟时快速旋转落地，又将是新生命的开始。（1 月 15 日）

薄　荷

种在阳台上的薄荷

朋友给了几段薄荷，斜插在花盆里，慢慢地愈长愈漂亮，还有些新芽长出来。每次在阳台整理花盆或晾衣服时，总会不经意地碰触到薄荷的叶片，香味立刻弥漫开来，让人觉得清凉无比，绝对具有消暑的作用。除了往上生长，太长的茎也会向下垂，但末梢一定朝着光线走，仰起头，很有朝气的样子。仔细看叶片，叶缘呈波浪状起伏，脉络细致，略微立体，搭配着新绿到深绿的叶色变化，真是令人心旷神怡。

朋友告诉我，把薄荷的叶片洗净切碎，放进茶壶里，用开水冲泡，盖上盖十到十五分钟，加上蜂蜜或果糖，再加几滴柠檬汁，有安神的功效。睡前来一壶薄荷茶试试看吧！（1 月 17 日）

茶花树上的虫

朋友的庭院里，有一棵约一百八十厘米高的茶花树。一片光亮的叶面上，八只毒蛾的幼虫很整齐地排列在叶片上，几乎占据了整个叶面。只可惜没带相机，当时真想马上跑回家拿，朋友劝我明早再拍吧！

第二天兴高采烈地背着相机，在茶花树上找虫儿，不料虫儿零零散散地分布在好多叶片上。为了拍昨天看到的景象，便用小枝把虫儿移驾到同一叶片上，排列得整齐有序，不料这些虫儿马上不听使唤地各走各的，有的扭曲着身体像在发脾气，有的躲到叶片下，有的干脆掉在地上装死。唉，试了好多次都以失败告终，总不能依自己的需求去控制它们的行动。看来，自然界的现象不是人可以重现和掌握的，顺其自然最好，真应验了“可遇不可求”那句话。（1 月 19 日）

带着喜气的桃红色茶花花朵，层层花瓣间露出金黄色的花药，甚是入眼。

枫香树从侧枝上抽出嫩芽。嫩芽先长成暗红微紫的小树叶，再变成令人心旷神怡的新绿大叶，最后变成茂盛的深绿叶片。

野桐桃红色的新叶，表层覆着绒毛，摸起来如毛毯般舒适。

长针与短针

山上水池边的枫香树丛，淡褐色泛着黑点的枯藤蔓盘旋交错在一棵掉光了叶子的枫香树上。枫香树从侧枝上抽出嫩芽，野桐从顶端长出粉嫩似绒布的叶子，一旁的山莓和刺莓都开花了，毛莲菜从错杂的落叶堆中冒出新叶，老荆藤清新的绿叶呈现青苹果般的颜色，广东蛇葡萄也伸出了它那柔美的叶片。

花盆里不经意间长出了广东蛇葡萄，嫩绿的叶片，秀气的卷须姿态优雅地攀附在红蝴蝶的枝干上。

走进大自然中，每幅景象都触动着我的心。总觉得山上的景物就像快速转动的秒针，永不停息；我的手却像是走得最慢的时针，怎么也赶不上。于是总是感叹植物变化的速度好快，真想请它们停下来，等等我！来不及画呀！还好植物们会依照季节时令轮番上阵，就像指针转了一圈后，再回到之前停留过的数字上，于是不管长针还是短针，不管走得快还是走得慢，终究还是会相遇。所以，现在来不及画的植物，请等待下一季吧！（1 月 20 日）

前几天采的山莓还没画好，爬山时就不敢多看它一眼。
每种植物似乎都在呼唤我，激起我想画下它这一刻的欲望。

刺莓开花了。花开初期，花心为乳白色，渐渐变成粉红色，再慢慢转为暗红。采花时可要小心植株上的小皮刺哦！

看到山莓的果实，总会想起果酱包装盒上令人垂涎的美丽图案。

刺茄

没有出门爬山，在阳台上也可以感觉到季节的变化。春秋两季，小芽们不断地从土里冒出来，番茄的幼苗是花盆里最常见的新生命。一起成长的幼苗，有些特别健壮；有些较瘦小，免不了遭遇被拔除的命运，躺在泥土里，变成养分。

猜　谜

每次看着花盆内从土里冒出的新芽，都像是开始一场猜谜游戏，见它似乎在问：“猜猜我是谁？”我只能回答道：“现在你还太小，没办法告诉你，等你长大一点，才能依据你的模样回答你的问题。”今天，又见一株小芽撑破橘色的种皮冒出来，隐约记起那是半年前画完刺茄后丢到花盆内的果实。种子躺在泥土里感受季节的变化，算着日子，它最知道道什么时候发芽最好。（1 月 27 日）

花盆里的新芽如雨后春笋般，一丛丛地长出来。嫩绿的新叶总是令人兴奋的。

走在乡间

回到乡下，只见田野边、小河边到处插着一排排竹篱笆，上面爬满了豌豆。喜欢看豌豆嫩绿的叶片和卷须，更着迷于有着蝴蝶般外形的花儿——着一身淡雅的衣裳，连凋谢后也美得像一位留着长发、穿着长裙的少女。

在田边的小路上散步，意外发现沟渠旁的水泥空隙有着泥泞的黑土和浅水滩。两只螃蟹生活在里头，当车子从旁经过，便赶紧藏进洞里，一会儿又慢慢爬出来，十分小心地一步一步侧着走，还目不转睛地盯着我看，一副机灵谨慎的模样。走到宜兰河的堤防上，又见河岸上的草丛和竹林倒映在河面，一层层绿铺展开来。远远望见一位农妇提着水壶一动也不动地站在田埂上，走近一看，原来是个稻草人。

柏油路旁，野草丛生。边看边想它们的名字，含羞草、紫背草、泥胡菜……像是给自己上了一课，名为“野花总复习”。（2月20日）

紫背草

豌豆

蒲公英的希望

前年，杂志社的编辑邀我画蒲公英。总是习惯实物描绘的我，在北投附近的山上和平地里找了半天都没寻到它的半点影儿。没过几天，编辑找到了一棵，请快递人员送来。快递人员一见到我就说：“听说里面是株植物，好有趣！”我打开信封一看，天哪，比想象中的还惨，那又干又瘪的蒲公英就像香草店里的干草一样。不过，我还是把它浸在水里，放在阴凉处。四五个小时后，一片叶子露出水面；又过了一整夜，整株都活过来了。被栽种在花盆后，它每年都开出令人惊奇的花朵和一球球带着希望的种子。

此刻，外面下着雨，蒲公英傲然挺立，毫不畏惧大雨，黄色的花朵和准备飞翔的果球都被雨浇湿了。不过，没关系，种子等着好天气再飞吧！（2月25日）

阳台上的蒲公英一年比一年硕大。

蜜蜂和菜粉蝶最喜欢停在蒲公英的植株上，瓢虫也会过来和它们聚一聚。蚂蚁总爱藏在植株下，像在找寻什么秘密。

彩色岛屿

调色盘里的颜料就像地球上的岛屿，我的水笔像海浪般冲刷侵蚀着彩色板块，陆地愈来愈小，五颜六色的海水在其中荡漾，海岸一点一点地消失，原本连接在一起的土块因冲刷而分开，有的地形因冲击较少而消失得慢。

一块块消失的颜料跑到我的画面上来了，变成叶子、花朵，果实和昆虫，慢慢地，又出现鸟儿、树木、大自然……（2月27日）

一只蝽象停在五节芒的叶片上，吕宋荚蒾暗红色的果实微微透着亮光，好美啊！野桐的叶子上，是谁在那里？

下过雨的早晨

山上浓雾弥漫，在看不见山下景色的状况下，捷运驶过的声音、狗叫声、摩托引擎声、小鸟银铃般的叫声却听得特别清楚。山上的小径泥泞，踩在上面吧唧吧唧地响。有个路过的人说，莉莉很厉害，脚干干净净的，一点儿都没有沾到泥土。转身低头看自己的裤子，上面已经被泥巴溅得一点又一点的。

花草树木上全是露珠，尤其是附有细毛的植物们，都戴上了百颗珍珠。好多蜘蛛网无所遁形，有的悬在枝丫间和半空中，有的挂在花间和树下，简直无处不在。仔细看蛛网，各种造型都有，有的像吊床，有的像摇篮……每只蜘蛛就像是空间的建筑师，织法不一，有疏有密。昆虫如果一不小心飞进去了，要挣脱也难。每一条细丝上都吊了闪亮亮的水滴，风一吹，透明的小水珠轻轻摇晃。想带一个蛛网回家画，轻轻一碰，串串珍珠全掉下来，滚落到草丛里，连蛛网也看不清楚了。

在一个八卦形的蜘蛛网下，乌毛蕨的新芽，附着金褐色的绒毛，向内卷曲，像低着头的少女，含情脉脉，一会儿又慢慢抬起头来，展现曼妙的好身材。（3月1日）

山上的刺莓开花了，白色花瓣泛着淡淡的青绿，看起来好细致，一丝丝的雄蕊更增添了几分清柔的气质。花谢后渐渐长出绿色的果实。

乌毛蕨一片一片的新叶，有顺序地卷成轮子般，螺旋状排列。

蛾的幼虫

是谁把美丽的玫瑰花吃掉一大半？绿叶上还留下红色的排泄物。把玫瑰花剪下来放在画桌上，发现一只蛾的幼虫一动也不动地藏身在花瓣底下。过了约一小时，它突然抱着花瓣继续啃食，认真吃的样子真有趣，连在花瓣上的五只蚂蚁也好奇地围过来，眼睁睁地看它把红色花瓣一点点吃掉并排了不少红色的粪便。又过了约三小时，粪便慢慢干掉，变成黑色。隔了五天，幼虫把花瓣吃个精光，蜕了几次皮后，长得又肥又大。生怕食物不够，我又把幼虫移回玫瑰花的植株上。又过了两个星期，玫瑰叶片间结了淡褐色的茧，毛毛虫正蠕动身体吐着丝，一心做成保护自己的茧壳。（3月5日）

葵百合

葵百合

一大早，插在水瓶里含苞的葵百合慢慢绽放了，张开了金鱼般的小嘴巴，点缀着淡淡桃红，露出雄蕊。开花的速度好快！我才打好铅笔稿要上色，竟发现花朵和草稿已有些不同，花瓣上的桃红色也愈来愈深，雄蕊一直伸长，装满花粉的袋子裂开了。中午时，整朵花已完全盛开，沾满花粉的花药似乎在期待蜜蜂或其他昆虫的到来。

葵百合内轮的三片是花瓣，斑点较多；外轮的三片是花萼，斑点较少。虽只是朵切花，但生命一直延续，尽情绽放，直到耗尽全部力气，花瓣才慢慢枯萎，一片片凋落。

午后，将阳台上的红蝴蝶剪枝，把剪下的枝条拿到山边，让它们自然腐化。无意中，在一处矮墙边发现了一棵被丢弃的四季海棠，虽然叶子有些枯萎，但仍觉得可惜，随即捧回家，修剪枯萎的茎叶，细心照顾。三个星期后，竟开出艳得发亮的桃红色花朵。（3月15日）

四季海棠

乡 下

台湾百合

阳台上，天竺葵开着艳丽的花朵，还不断地长出新花蕾。旁边的百合花，更令人沾沾自喜。看别人家的百合都好瘦小，我种的百合不但长得壮，花蕾还特别多。

春假回到乡下，看到院子里的那一大丛野百合竟长得比人还高，简直称得上是“百合树”，惊讶之余只好安慰自己——种在土里吸取大地精华的植物当然和盆栽的不同。像我种的非洲凤仙花，在朋友眼中已算是漂亮至极，可一看到后院那整整一大片，马上就得收起得意之心。即使在一堆砖块的废墟中，也长满了各种颜色的非洲凤仙花，无人照料，却依然旺盛，周遭还自然搭配着苹果绿的蕨类，很是入眼。

野地里钻出的蛇莓爬满了地面，枝叶间长出可爱的红色果子。（4月1日）

非洲凤仙花

天竺葵

大自然的舞台剧

找到一处牡丹丛，坐在石头上拿出速写簿准备画画，不料耳朵旁立时响起一阵阵声音，像直升机飞过，一下从左而右，一下由前而后。我不敢乱动，生怕那些飞行员会撞上我，感觉整个环境像战场一样。昆虫们忙忙碌碌地采蜜、找食，与同伴们互相追逐。两只白头翁停在大头茶上，长得好肥、好大、好健康。

蝉的叫声忽然大起来，走近细看，却怎么也寻不到它们的身影，索性坐下来静静地看着天空。大小精灵们在大自然这个舞台上尽情表演，真是精彩。这会儿又有燕子低空飞过，一只好大的蜜蜂和好多只蝴蝶也在周围盘桓，这让我的眼睛也跟着转来转去，更不知要拿相机拍还是用手画的好，有种力不从心的感觉，干脆还是用眼睛欣赏这场免费的大自然舞台剧，再让耳朵聆听这首美妙的昆虫进行曲吧！（4月5日）

白头翁

野牡丹造型特别的坛状果实里装满了小种子。

野牡丹的花朵颜色变化多，从粉红到桃红，每朵花都有好几把镰刀状的雄蕊。

蟋蟀在草丛里鸣唱，声音优美清亮；金斑蝶表演完翩翩的舞姿后，停在大花咸丰草的花朵上尽情吸吮；从大老远飞来的白钩蛱蝶展翅滑翔，准备伸出前脚停下来休息。

尺蠖藏在一朵朵桃红或粉白的花间，找到了吗？

尺蠖的伪装术

正专心地观察，并拿着笔画桃金娘——它的叶片很特殊，距叶缘三毫米处还有一圈与叶缘平行的叶脉——突然，桃金娘的枝条移动起来，真是吓了一跳！仔细一看，原来是一只尺蠖蛾的幼虫正在吃桃金娘的花蕊。尺蠖的颜色及形状像极了桃金娘的枝条，它的伪装能力真让人佩服，简直和植物的枝干一模一样。

爬山时习惯戴一顶有帽檐的帽子，回家后，摘下帽子，经常发现尺蠖跟着我回来了。不经意间带回家的还有蚱蜢、螽斯。既然这么有缘，就给昆虫们拍个照留念；时间充裕的话，再帮着画个像；最后，把它们送回大自然的家中。曾见过一起爬山的山友因有虫儿沾在身上而吓得魂飞魄散，逃也似的奔跑。对天生怕虫的朋友来说，这真是难为他们了，另一方面，虫儿们也要自求多福，别上错了门！（4月7日）

阳台上的金莲花有着荷叶般的叶片和布满皱褶的花瓣。

阳台上的惊喜

天空阴沉沉的，天气也凉爽，一阵清脆的鸟叫声吸引了正在画画的我。抬头往窗外的阳台一看，一只绿绣眼正倒悬着身体，在红蝴蝶的枝干上跳跃；另一只绿绣眼从玫瑰花的花盆跳到金莲花的花盆上。不一会儿，一只飞走了，另一只赶紧跟上。它们虽然停留的时间短暂，却带来了喜悦和朝气。

平常的日子里，只有麻雀喜欢在阳台上的花盆间玩。两年前的夏天，每天都有燕子妈妈带着幼鸟飞来，停在阳台上的电视天线架上。随后，小燕子会独自留下来，等待妈妈衔来食物；燕子妈妈则从巷口快速低飞到巷尾，认认真真地找虫。只要妈妈一从身边飞过，小燕子就张着大嘴，但不一定每次都能得到食物。事实上，家里早装了有线电视，留着天线架只为等待燕子的再度来访。（4月8日）

在室内养了三年的非洲堇，只见灰尘在叶片上沉积，却从没开过花。帮它松过土，换了花盆后，搬到阳台上。几星期后，不但冒出花骨朵，还开出了紫色镶了白边的重瓣花朵，真像个冷艳的美人呢！

非洲堇

难得好天气，把棉被抱到阳台上晒，喜欢闻棉被上暖暖的太阳味，那会让人带着满足的微笑入眠。趁着阳光好上山去，只见一棵茂密的相思树上布满了蜘蛛网，网子上没捕捉到昆虫，倒是网到不少相思树的黄色小花，就连垂在树下的蜘蛛丝上也吊了两三球，随风摇摆。路旁丑陋的铁丝围栏上，也结了许多不同造型的蜘蛛网，网上也沾了不少黄色小球，这灵动的蛛网把没有生命的建筑物变美了。太阳快下山了，兴致勃勃地返家。只见阳台上尽享阳光的番茄、薄荷、圣诞红，个个都像沙漠中的行者，垂头丧气；尤其是非洲堇，慵懒得瘫在那里。（4月9日）

从相思树上飘下的黄色小花，落在一片绿色的野草丛中，好像不会融化的黄金雪球点缀着不曾下雪的山丘。

想采颗紫花酢浆草的种子回家种，却遍寻不着。原来它只开花不结果，由地下鳞茎负责传宗接代，每根小鳞茎会再长出一株新的紫花酢浆草。传说四片叶子的酢浆草是幸运的象征，在这春天的早晨，不妨蹲下来找找看吧！

我家的木瓜树

家门口有一排用红砖砌成的花台，约九十厘米宽，四十五厘米深。刚开始，左邻右舍们一起购买了杜鹃花苗，我也不例外，在属于我的范围内栽下了三棵。离家约十米处有一片“三不管”区域，我种下了三棵文殊兰，从没浇过水，既不除草也不施肥，它们仍像穿着海带裙、跳着旋转舞的表演者，花朵如手掌大且结实累累。但很不幸的是，最近它们全被铲除，那块地整个变成了菜圃。

到现在，我在这里已生活了五年，杜鹃花们也习惯了这里的生长环境和我的照料方式，每当花季一到，桃红色的杜鹃花和橘红色的杜鹃花争着绽放。不知是小鸟的杰作，还是风神的帮忙，一大丛长着肉质小叶片的藤类植物生长起来，爬满了花台；随手插枝的绿萝长得又肥又绿；紫花酢浆草的小花点缀其中——真是美不胜收。

儿子撒下的木瓜种子，也从木瓜苗长成木瓜树。花台边常有路人随手丢弃的垃圾，我清扫路面时，顺便就把落叶和小狗的粪便倒入花台。这棵木瓜树第一次结果子时，只要踮一下脚就够到了，有两颗被路人随手摘走，剩下的四颗是我吃过的最甜美的木瓜。今年，是第二次结果，木瓜树已经有五米高了，不用担心果子被路人摘走，只怕自己也要想想办法才能摘得到。好期待那甜甜的果肉，到时又可以好好享受一番了！（4月10号）

木瓜树倒了

连续三天的倾盆大雨停歇了，然而，天气变幻莫测，雨停后，又刮起强风。饱足雨水的植物们，被风吹得披头散发，有的已经枯萎，有些因支撑不住而垂头丧气。风呼呼直吹，对面住户家屋顶上的铁皮板被掀起，屋顶上零碎的东西被尽数扫落；铁罐铝罐在巷子里滚来滚去；好不容易长了九颗果实的番茄，枝条被风折弯了。整理阳台上的落叶时，邻居冲我大声喊：“你们家的木瓜树倒了！”往楼下的花台看去，那棵木瓜树真的横躺在巷子里。

将还没成熟的青木瓜削皮后切片凉拌；剩下的切成丝，撒上面粉、糖，加蛋液搅拌均匀，入油锅，炸了一大盘，还好一家人都喜欢吃。（4月13日）

花盆里又冒出木瓜幼苗了！

卷 2 * 丹凤山的野牡丹

天气虽然炎热，丹凤山上的野牡丹依然大放异彩。不管在山坡上、丛林边，还是岩石缝中，都有它美丽的踪迹。粉红至桃红色的花瓣上，长长的花丝伸展，令人记忆深刻，昆虫们也喜欢造访，恋恋不舍。

红胸花蜂最惹人喜爱，它们一大早就抖动着翅膀，弯着腰，一副抱着雄蕊采花蜜的模样，真勤劳！还有金龟子、天牛、蛾的幼虫，甚至小小的蚂蚁，都是野牡丹家的常客。

小时候，我常在种着苦蓝盘的围篱旁玩耍。蛾的幼虫，体长约十厘米，紧紧地附着在苦蓝盘的茎条上。调皮的我，用小枝拨弄幼虫肥肥的身躯，只见它生气地甩甩头部，一副凶悍不可侵的模样。我被吓得毛骨悚然，快速逃离现场。

绿色小虫的实际大小

绿色小虫

阳台上的蒲公英看上去无精打采，叶子的前端像是被晒伤一样露出枯焦的颜色。我用心观察，发现叶片上有黑色的粪便，翻向叶背一看，原来是绿色的小虫在捣蛋。它们弓着身拼命吃，先在叶面吃出几个洞，再享用叶片基部最嫩的部分。

将花盆搬到画桌上，绿色虫儿依旧像拼命三郎一般啃着叶片，吃一阵就用大颚舔舔两对前足，样子真有趣。待休息片刻，它们又继续啃食嫩叶。爱干净的它们，还用前足和上颚将粪便抱起抛开。它们的身体几乎是透明的，将绿色叶子一口口吞进体内后，消化器官蠕动着绿色的汁液，将食物从一个环节输送到下一个环节，待吸取营养后，便排出黑咖啡色的粪便。（4 月 18 日）

蒲公英

早晨的声音

早上六点半，对面传来妈妈呼唤孩子起床的声音，隔壁邻居家的闹钟也响了，小鸟在雨篷上叽叽喳喳，还有几只在阳台那盆三色堇上跳来跳去。

听到抽油烟机的马达声，紧接着从窗外吹进来一股茉莉花香掺杂着荷包蛋的味道；隔壁的阿婆到山上运动，噔噔噔上了台阶；巷子里传来爬山路人的寒暄声，紧接着是邮递员的投报声……

我煮了一壶咖啡，香味弥漫整间屋子，正要享用时，却发现煮好的咖啡竟然连壶都不见了。回想刚刚发生的一切，才意识到我的脚踩着一摊液体，原来是我忘了放容器，咖啡都淌到地板上了。八点了，一群鸽子低空飞过的振翅声传来，紧接着是洗衣机完成任务的鸣笛声，该去晾衣服啦！（4月21日）

三色堇如绸缎般的花瓣，我用水彩一层又一层地描绘着。

山壁上的蕨类

蕨　类

山上随处可见令人驻足的景象。虽然没有历经千百年的神木，也没有珍稀的保护林，但仔细看山林的角角落落，时时刻刻都创造着永不重复的美丽景色。蕨类从山壁的岩石缝中长出嫩绿的叶片，一年四季都有新芽冒出；芒萁咖啡色的根盘在松松的坡壁上；各种形状的落叶悄悄躺在芒萁的根部和山壁的缝隙里，抬头往上看，便可找到这些叶片的植株在哪里。（4 月 24 日）

番茄第一年长出的果实最硕大，先是绿色的，结实地靠在一起，在阳光的滋养下，最靠近茎部的那一颗果实先开始变黄，再变为橙红。

生命的起源——番茄

有一天，我发现盆子里突然长出一大堆新芽，本来以为是大花咸丰草，但闻一闻气味又不像，难道是番茄？然而，不可能有番茄的种子飞来啊！慢慢地，我想起来了，两个月前，我把冰箱里的一个烂番茄丢到花盆里当肥料，果肉烂掉后，竟有新芽冒出来了，真是太神奇了！于是，我把幼苗分别栽种在好几个花盆里。

最近几天，它们不但开花，还结了不少果实。每个到我家来的朋友都说，要来偷摘番茄。（5月1日）

花谢后，果实渐渐长大。成长中的果实，宛如按大小顺序排列的小太阳。
番茄的轮状花冠
这棵品种独特的番茄，竟长出桃子般造型的果实。
第二年春天又长出的番茄植株，果实还没长大就急着变红。

母亲节的礼物

星期天的下午，完成了“芋头”那本书中的一幅插画——芋泥，宜兰风味的，请客时一定有的一道家乡料理。桌上还摆着几本参考食谱。儿子一边朝我走过来，一边说：“我真的很无聊！”看到桌上摆了两个芋头，又说：“晚上要吃芋头大餐吗？”接着，他拿起芋头食谱，一面看一面指着食谱说：“你不可能做这个！”“这道菜对你来说太难了！”“我们家没有挖球器，没办法做。”“这道菜要煮上一个小时，太麻烦了，你不会做！”“油炸的更不可能。”离开前还补上一句：“真搞不懂你！”

一会儿，儿子又走过来，手上拿着食谱跟我挤进同一张椅子。深爱美食的他，胖胖的身体靠着我的左手臂，还好他没有乱动，我勉强可以继续作画。他开始仔细地念着每一道菜该准备的材料和做法，大喊着好想吃，还直嚷着肚子好饿——其实他刚刚才吃过蛋糕。最后的结语是，他希望在饭前来个粉彩芋头沙拉，主菜是雀巢芋头虾仁、鲜味芋头汤，再加上百角芋球当甜点……

儿子看到桌上还有两罐花生仁汤，再也忍不住了，那也是我应画中需要而买的。我捞了几颗花生仁放进盘中，画画用，其他的倒入碗里，一下子就被他吃个精光。不料，他还吵着肚子饿，我顺势说：“那你去洗米吧！”很意外地，他爽快地答应了，还说：“小百科里教过要放多少水最合适。”感觉他很久没像今天这样跟我腻在一起，这样心平气和地和我说话，也算是母亲节的最佳赠礼吧！（5月14日）

芋泥

芋头的圆锥形球茎，往上生长，仿佛穿着褐黑色的簑衣。成熟的芋头还会从身上长出小球茎，繁衍下一代。

拨开红蝴蝶的豆荚，看到种子排列的情形。五个月前发芽的红蝴蝶，植株才五十厘米高，就已经开花了。

红蝴蝶

阳台上的红蝴蝶开花了，立刻成为夏天里的主角，它也是最不怕烈日的勇士。记得是在儿子刚上小学时，陪他上学的途中，第一次看到这种植物，当时就深深地喜欢上它。本来误以为是凤凰木，经由查书，才知道它的名字。长在马路旁斜坡底下的红蝴蝶，植株大概有四米。我每次经过都特别留意豆荚成熟了没，终于有一天，发现淡绿色的豆荚变成了黑褐色，有些已经裂开。我站在马路旁，刚好和豆荚齐平，伸手试试却采不到，只好让儿子来帮忙。我用双手拉住他的左手，他再探出身子伸长右臂用手够，最后终于得手。

回家后打开豆荚，取出种子，埋在浅土里，几天后小嫩芽冒出来了。等它长出羽状复叶，我又移植到花盆内，看着它花开、花谢、结果，还收集成熟的豆荚送给朋友们。有时，豆荚成熟后，自己掉落在盆子里的种子也会发芽、开花、结果。（5月15日）

竹　笋

相思树的花开了，今年似乎格外茂盛，从丹凤山远远望去，中正山、七星山的山头，就像花椰菜黄色的花一样，结实地紧靠在一起。

为了描画竹笋在地上生长的情形，我随朋友去实地观察。我们走在山边的柏油路旁，脚下是软绵绵的黄色小球，红褐色的坡壁上、砂岩砌成的石阶上、下水道的铁盖周围及车顶上，到处都是金黄色的小点点，有的挤成一堆，有的零落撒了一地。

我们来到一片竹林中，看得出主人刚刚整理过——为了利于竹笋生长，主人仔细松过土，每一丛竹林下的泥土都堆成一个小山丘。靠近路旁有两三棵被主人遗弃的竹子，已经露出须根和侧芽。我蹲下来用手挖掉红色泥土，看到了新芽成长的情形，赶紧用相机拍摄下来。到处寻找，我们又发现好几段地下茎默默地待在一旁，虽已被掘出来，还是长出了细细的竹竿。有一丛竹子已被砍掉，只留下须根。我和朋友一起挖着，摸着泥土，慢慢地一节节丛生的地下茎露出来。又观察了几座竹林，捡了些干掉的地下茎带回家参考。

第二天到市场，有位在山上种笋的妇人挑了两篮子的竹笋叫卖，最后卖得只剩五六根，被我全部买下。我挑了几根做了排骨竹笋汤，几根留着画画。儿子也帮我找了些有关竹子的资料，我们还一起观赏书上介绍的竹编篮子和竹雕艺术品。最后，我把画了几天完成的原稿，拿给卖竹笋的妇人鉴定无误后，才安心交稿。（5月17日）

竹笋

成长中的山柿子

切开山柿子，浅尝一口，味道很甜，但一下子又满嘴充满涩味，嘴巴都快张不开了，喉咙里甚至感到无法吞咽，过了两分钟，涩涩的感觉才慢慢消失。果实里有五颗种子。

落叶上的山柿子

走在后山的山路上，只见地上一朵朵小巧可爱的白花，像极了艺术灯泡，又和马醉木的花很像，抬头一看，原来是从山柿子树上掉下来的。

四个月前，在山上的小路上，捡到一段被折下后丢弃路旁的小枝，上面结满了山柿子的果实，抬头往树上一看，却没寻到半颗。

过了一阵子，在一些干枯的枝条和落叶上，发现一颗颗橘黄色和橘红色的成熟果实，捡起来看，有的已被虫吃了个洞，有的另一半已经变成了深咖啡色。沿着墨绿色带点黑灰色的树干往枝梢细看，果真长满了山柿子。（5月20日）

草莓

阳台上的草莓植株结了一颗鲜红成熟的草莓，想把它画下来，但天色渐暗，心想等明早再采比较新鲜。第二天清晨到阳台一看，那颗草莓只剩下薄薄的躯壳，里头的果肉正被一只马陆和两只蜗牛啃食着，真可惜！可任谁也抵挡不了那香甜的滋味，就别打扰虫儿们进食，让它们饱餐一顿吧，反正盆子里还有两朵盛开的纯白草莓花和一颗正在成长的小果子。

记得去年七月，为了画“水果月历”，从妈妈家挖了两三棵草莓植株带回来种在花盆里，仔细地照料着。草莓的叶子长得很茂盛，走茎把左邻右舍的空间都给占满了，却还嫌不够，又渔网式地继续延伸。因为连续下大雨，泥土被雨水冲刷得没养分，盆里的泥土也流失了不少，我只好把延伸在花盆间的走茎剪断，小植株们从此分家，各过各的生活。我又将盆栽搬到雨淋不到的地方。

当时，草莓的叶片都已经画好，画面上也预留了位置给花和果实。今年一月，草莓好不容易开了花，并结了第一颗果实。有一天早上，到阳台一看，果实竟然被一只小蜗牛吃掉三分之一，赶紧将果实摘进屋里，一面闻着浓浓的香甜味道，一面把草莓画在预留的位置上。心想，如果我是蜗牛，也会忍不住咬它一口。

到市场买菜时，顺便在水果摊上买了一盒草莓回家，画下那些成熟艳红的果实。将买来的草莓和自己种出的草莓画在一起，感觉有点怪怪的，后来，又陆续添加上一些草莓的成长过程，才算完成了这幅画。（5月30日）

种植在阳台上的草莓，果实虽然长得比较小，却有一股自然的酸甜滋味。

尺蠖的力气

后山林荫交错的山路旁，一棵不知名的大树上，一只尺蠖蛾的幼虫吊着细丝，悬在半空中。此刻没有风，它一动不动。瞧它一副充满戏剧性的长相，宛如马戏团里的小丑。我弯腰，捡一片叶子，小心翼翼地将它包起来。它嘴巴里含着丝，身子细细的，有点儿弹性，被叶子包裹后，躺在我微微弯曲的手掌心里，变得僵硬，看起来像是在装死。

回家后，将尺蠖放在桌上，它好久都没动静。等我做完早餐，它正弓起身子吃力地往前爬，拖着硕大的腹部。受眼状斑纹的影响，尺蠖蛾的造型像是缩小版的响尾蛇。我在一旁仔细观察，不知不觉间，虫儿已爬到我的手背上，前足接触到皮肤，有点儿针扎的感觉，难怪当它附着在枝干上时会是那么有力。（6月1日）

尺蠖的实际大小

五六月，山上的尺蠖特别多。它们喜欢测量学，老是用身子丈量土地和枝干，也爱在半空中表演特技。这时节，我喜欢和同伴坐在凉亭的座椅上发呆，悠闲地度过午后时光。

山黄栀

奇怪的叫声

连续几天，每走到水池边就听到一种特殊且巨大的叫声，心想一定是某种大鸟藏在草丛里，走近一看，什么也没发现，只是脚边的声音停止了，附近的叫声还是起起落落，像在对话一样。我极好奇地想知道：到底是什么？

静静地蹲在草丛边，四处搜寻，忽然眼睛像长镜头对准了焦一样，主角终于现身了：距离我约一米半的地方，一只青蛙独自坐在池面的树枝上，眼睛瞪得大大的。真怕惊吓到它，我悄悄拿起相机拍了几张，不料，却被前头的那棵山黄栀挡住视线。我又将左脚跨出，小心地踩在池面的枝干上，大约以五十厘米的距离又拍了两张，心想应该还可以再靠近一点，就又贪心地往前跨出一小步，没想到树枝咔嚓一声断掉，青蛙跳走了，我跌进水池里，腰部以下全湿透了。莉莉呢，在一旁用无奈的眼神看着我。（6月2日）

落 叶

一整片褐色调的落叶中，刚飘下来几片橘红色的叶子和鹅掌柴的深绿色落叶，立时形成美丽的对比。每天走的这段山路，就像人生的旅程，起初是一段坎坷难走的路面，由树根、砂岩及黄土所形成，遇到下雨天，路面泥泞难行，好天气时，又因干燥而路滑；接下来的水泥路平常很好走，但连续下雨时路面青苔遍布，下坡时非常危险，我曾经滑倒过几次，之后每次都走得战战兢兢，有时自己已经走得不稳了，再加上莉莉看到野狗或新奇的东西，胡乱扯着我，真要被吓死！

我喜欢走在后山时的感觉，那儿全是结实的泥土路。最近天气燥热，底层的落叶腐烂得慢，加上新落下来的叶子，形成了一条厚厚的落叶小径；尤其是那窄窄的小路，两侧又有野花和小草伸出手来打招呼，走过时碰触草叶的感觉真好。走在全是相思树落叶的小路上，心情很踏实；踩在香楠落叶的路上，沙沙作响；走在白匏子树下，一片片落叶轻飘下来，卷曲后的造型千变万化……在慢慢腐化的过程中，每一片叶子上的虫咬和蛀洞都各有不同。春天时常下雨，有人觉得路滑不好走，砍了一些芒草叶铺在地上，经过风吹日晒，变得好柔软，就像走在地毯上一样。最喜欢走在松树林底下，感觉既干净又舒服。那里还有一棵好大的青冈栎，树下那层厚厚的落叶，走上去脚还会往下陷呢！（6月5日）

长春花

好不容易有个凉爽的天气，坐在窗边，徐徐的凉风吹进来，真舒服。看着阳台上的红蝴蝶，每根枝条上都开满了橘红色的花，最喜欢它那红色如丝绸般长长的细丝。如果我是一只蝴蝶，一定会坐在那花丝上随风荡漾。

紫菀也不甘示弱，开得又大又茂盛。我在淡紫色的花瓣里，轻轻地画上两三道线条，让整朵花显得更飘逸。

一个花盆里，不知是什么瓜，已忙着用触须抓住栏杆准备向前进攻；另一盆瓜类植株却依然不动声色。放在地上的兰花盆栽里，长出两棵木瓜幼苗，其中一棵，不知什么原因，已经站不稳了，难道是两棵植株竞争的结果吗？不过，在那么小的花盆里，要想长大结果是很难的，除非将它们移植到大一点的花盆里。从矮墙边的水泥缝隙里长出的那一丛长春花，像任劳任怨的妈妈，不畏风吹雨打，一年四季都开着美丽的花朵。（6月9日）

矮墙边的水泥缝隙里，长出一丛开着桃红色花朵的长春花，它们经得起太阳直射、风雨摧残。

紫色的圆茄子

回宜兰的滨海公路上，天空的云层很厚，海上大雾弥漫，呈朦朦胧胧的灰色。已经有两个月没回妈妈家了，一眼望去，到处都是绿色的农田和作物，稻子抽出了淡黄色的稻穗，爬满苦瓜的拱形竹架像一座绿色的山洞。

前院的围篱上，茉莉花长出茂盛又油亮的叶子，开出的花洁白无瑕；花蕾肥肥嫩嫩，带点儿淡黄绿的白色，好美！十片小花瓣散发出的幽香，是我最喜欢的味道。一旁的台湾百合，果实已经成熟，蒴果裂开，露出一片片环状翅的种子。虽然大自然的风会把种子吹向四方，但我还是忍不住轻摇花梗，想亲眼看到种子飘散落地的样子。

长得像把大雨伞的大叶榄仁树上，有一棵山葡萄爬上了树梢，并结了好多果实，底下的野草随性疯长。鱼腥草从散乱的干草堆中长出来，虽然一身腥味，但它纯白的花瓣和肉穗花序足以让我蹲在旁边欣赏好久。槟榔树旁有一棵两年前种的葡萄，本以为它不会开花结果，没想到，现在竟已有一串串葡萄垂吊在翠绿的叶片下。

奇岩路上的山葡萄

妈妈在一个花盆里种下了一棵紫色的圆茄子，如今结了好多硕大的果实。我看了，先是一惊，接着发出好大的赞叹声。妹妹从办公室带回来放在墙角的一棵白鹤芋，开的花像人脸那么大；田边的几棵红竹挺拔有力，地上长出了肾蕨。杨桃树和枫香树的林荫交错，我坐在底下的摇椅里享受清凉的微风，欣赏田园风光，无比惬意。

待会儿要回台北了，真想把这里的一切都印记在脑海里。在这座自然的花园里，除了童年的记忆，还有妈妈和大自然共同的创意。（6月11日）

紫色的圆茄子

山菅兰的果实

山菅兰

穿着淡紫色的衬衫走在山路上，欣喜发现山菅兰伸着长长的梗，上面结满紫色的小果实。上次折取一小段拿在手上，一路上下坡，回到家才发现美丽的果实全不见了。看来，那些紫色的小果实不想跟着我，偷偷溜走去找自己的新家啦。

今天看见的果子长得特别大、紫得也特别美，轻轻摘下放在口袋里，生怕把果实挤坏，一路上小心翼翼。回家后，脱下衬衫，轻轻地倒在白色的画纸上。果子们高兴得在画桌上滚来滚去，每颗都有不一样的表情，像是争先恐后地催促着："快画我吧！"

拿起一支紫色笔杆的水笔，蘸上偏红的紫色，再蘸点儿蓝色，加水调一调，画了一颗紫色果实——它开心得笑了。不多久，调色盘里铺满了各种色调的紫，连洗笔的水杯也被染成紫色，一不小心我的小手指头也沾上了一滴紫色的颜料。一颗稍微被压到的果实，被撞得鼓起个包，怕我不画它，悄悄流下泪来。还好，我注意到了！另一颗似乎睡得很沉，张着嘴打呼噜。另一颗小调皮鬼在那里捣蛋，颜色变来变去，一下子偏紫，一下子偏蓝，害得我调不出色来。（6月12日）

我家的访客

昨夜下了场大雨，桃红色酒杯般的大岩桐花筒里，个个有半杯雨水。采了三十三朵洁白的茉莉花，放了两朵在口袋里，上山的途中，时时闻着它们释放出的清香。最不喜欢和擦了浓粉、抹了香水的山友交会，总会闻到一股不自然的刺鼻味。

低气压下闷热的空气，令人窒息。从地热谷冒出的白烟，在低空回旋着。丹凤山浓密的杂木林下，仍听得见每隔几分钟便驶过的捷运的声音，只是分不出列车是开往淡水，还是台北。

回到家，只见一只全身长满黑褐色细毛的虫子，正要从地面爬上墙壁；走到餐厅，又发现一只蛞蝓想藏身在餐桌底下。昨天，一只油亮亮的蜈蚣横在儿子的床上，让先生误以为是玩具。还有，经常会在浴室里发现尾巴带着剪刀的蠼螋和长触角的蚰蜒；前阵子做晚餐时，眼角余光瞥见了蟾蜍。真不知它们是怎么进来的，只晓得走路要小心一点，以免踩到这些访客们。（6月15日）

大岩桐

神勇的蝗虫和身材扁平的松吉丁虫

观察·惊喜

正在观察记录着，莉莉突然冲过来，这不但破坏了两只象鼻虫交尾的好事，还影响了我的构图。

上星期，在野桐叶片上，发现一只蝽象妈妈抱着一窝橘色的卵。现在，蛹已蜕壳，蚂蚁般的小蝽象们藏身在野桐叶子的背面或布满软刺的球形蒴果上。蓑蛾穿着白匏子叶搭配着相思叶做成的伪装服，在白匏子的叶片下，露出黑黑的头缓缓移动；穿了蝴蝶袖晚礼服的橙带蓝尺蛾，像在T型台上一样，展示它艳丽的服饰。走到芒萁丛和大花咸丰草的小径旁，一只体长约十厘米的蝗虫，像披了绿色战袍的英勇武士，用前脚磨一磨触角，啃着芒萁叶，轻轻一蹬，跳到一米外。

突然间，看到一幕景象，兴奋得差点叫出声来，赶紧用手捂住了嘴巴—— 一对竹鸡藏在林中嬉戏，不知是情侣，还是夫妻。（6月16日）

华丽的橙带蓝尺蛾和蝉

蛾的幼虫、蚂蚁、蓑蛾、弄蝶、椿象，各忙各的。

凤凰木

连着下了几天的雨，今早终于放晴了。站在屋外，邻居家小女孩天真的声音传过来：“天气好好哟，没有下雨！”马路上满满的都是细碎的小叶，停在树下的车上铺满了凤凰木的橘红色花瓣，以及淡黄色、草绿色的小叶片和叶柄，好像一部正要迎娶新娘的礼车。先生把车子调头开走时，那些花儿、叶片随风飘下，仿佛拉礼炮时撒下的彩色纸片。先生把车子停在我身旁，我坐进车里，一起去参加朋友的喜宴。(6月18日)

昭和草可当野菜食用。

火烧山

每次听到消防车拉响警铃的声音，总是凝神静听，如果声音愈来愈大，八成是丹凤山又烧起来了，有时还会吹来许多灰烬，落在阳台上。所以，看着一棵棵的枫香树、松树、樟树愈长愈高，内心总有股喜悦，却也伴随着不安全感——它们随时面临着被烧毁的危险。

某日午后，山上又着火了，消防员好不容易才把火扑灭；第二天凌晨两点，又被一阵喧嚣声吵醒，从天井传来柴油味，以及卡车引擎和对讲机的声音；清晨五点半，出门爬山，只见消防员个个灰头土脸地拖着疲惫的身子走过……（7月10日）

丹凤山的野牡丹

天气虽然炎热，丹凤山上的野牡丹依然大放异彩，不管在山坡上、丛林边，还是岩石缝中，都有它美丽的踪迹。粉红至桃红色的花瓣上，长长的花丝伸展，令人记忆深刻。昆虫们也喜欢造访，恋恋不舍。

红胸花蜂最惹人喜爱，它们一大早就抖动着翅膀，弯着腰，一副抱着雄蕊采花蜜的模样，真勤劳！还有金龟子、天牛、蛾的幼虫，甚至小小的蚂蚁，都是野牡丹家的常客。（7月25日）

送儿子上学途中，第一次看到倒地铃的植株和它那鼓鼓胀胀的果实。打开成熟的果实，发现黑色种子上有着心形图案；还没成熟的果子，种子是绿色的。你想让阳台变浪漫吗？撒下倒地铃有爱心的种子吧！

调色盘

一位许久不见的朋友，从南部带着先生和女儿来家里玩。那女孩十岁，和儿子同龄，却比儿子高出一个头，人长得又黑又结实，浑身上下透出生机勃勃的朝气，对我的颜料和画具尤其感兴趣。调色盘里刚好剩了一些颜料，我便把调色盘借给她用，教她如何使用水彩。她很快就操作自如了。看她画画的样子，架势十足，我也就十分放心地和朋友尽情聊天了。

朋友离开后，我走到画桌前，简直要晕眩过去——调色盘里堆满了颜料，每种颜色都像座小丘陵，一座座紧靠在一起；调色盘旁边凌乱地堆放着被挤得不成形的颜料管。这位小客人大概忘了游戏规则，只一心想用力挤是了。唯一值得庆幸的是，她没把所有颜料都挤到一块，否则真不知如何收拾才好。

经过一年的努力，调色盘才终于恢复原来的白净。（8月2日）

台阶前长了好多野草。紫花酢浆草开出了桃红色的花朵；堇菜的蒴果裂开了，昂首作出弹放种子的姿态；一点红的果实成熟了，带着雪白色冠毛的瘦果就要飞走了。蚂蚁想要爬进台湾栾树的果实里，搬走种子；两只蜗牛正在比赛爬行功夫，你猜，谁会赢呢？

番石榴

紫阳花

回乡下住了几天，心情好放松。从屋里望出去，院子边一排铺满红花的朱槿围篱。坐在窗边，画着从院子里刚采的紫阳花，听着熟悉的鸟叫声，儿时的记忆又在脑海里重现，各种时空下的影像交错，没有先后顺序，仿佛一部剪辑错乱的电影。画累了，到屋外走走，采了番石榴，咬了几口，发现里面有虫，把皮啃完后，像投手般把番石榴用力掷到田里，竟发现野姜花在田边开着纯洁清香的花朵。

后院那棵年纪一大把的栀子，开满了白花，浓郁的香味四处弥漫；

野姜花

丝瓜沿着竹篱笆生长，爬上了高高的莲雾树，结了好长的果实，风一吹，嫩黄的丝瓜花掉下来，鸭子们争抢着吃。突然间，莉莉像匹饥饿的狼，沿着围篱快跑，引起一阵骚动：鸡群乱成一团，有些鸡害怕得挤成堆，有些四处乱窜，一只离群的母鸡踉踉跄跄地想重回鸡群，却不得要领。母亲又气又急地叫喊驱赶，但情况不见好转，最后不得不全家出动，分头围捕，好不容易才抓到那只母鸡。回头发现莉莉正咬住一只淌着鲜血的鸡，大伙赶紧抢下它口中的猎物，结束这场纷乱。当晚，全家人享用了一锅鲜美的香菇鸡汤。（8月5日）

栀子花

小时候，喜欢将朱槿花的花瓣拨开，放入嘴里吸一吸花朵里的蜜水，再将乳黄色的花药沾在鼻尖。

椰子树和樟树下的紫阳花，即使在炎热的八月，也依然怒放。

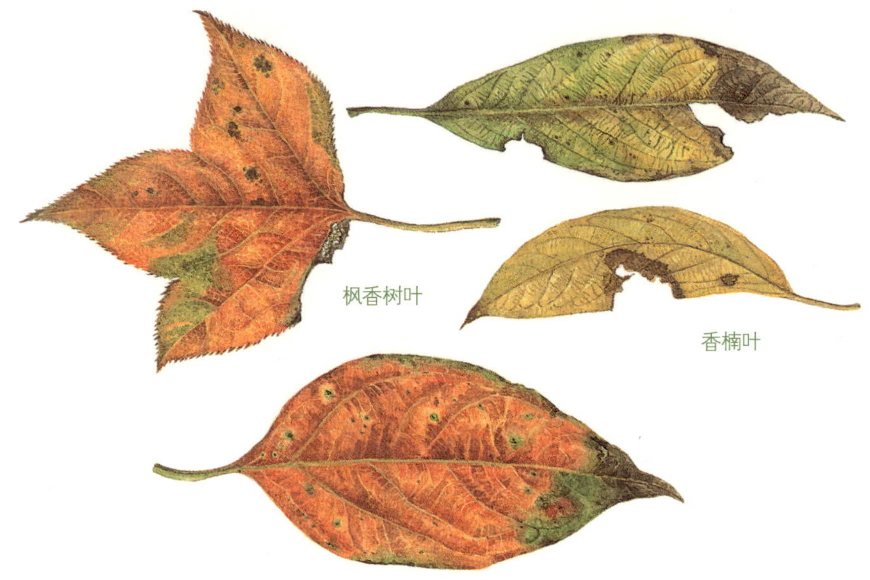
枫香树叶
香楠叶

燃烧中的叶子

踩在烂泥巴上，鞋子沾满了泥土，像穿了铁皮工作鞋一般沉重。跟往常一样，又听到了蛙鸣，今天的声音不但很大，而且范围变广了。几天前，池塘边茂密的杂木林被一场山火烧毁，露出凹凹凸凸的地形。接连而至的暴雨，又将凹陷的地方填满了雨水，除了原来的池塘，还有五处大小不一的水洼。每处水洼都有青蛙的叫声，大家抢着占地为王。有一对青蛙正蹲在池边，进行假交配；距我约一米远的池里，有只胖胖的青蛙藏身在稀疏的水生植物后面，瞪着我们，像是垂帘听政的太后。莉莉在一旁用鼻子凑着泥土，卖力嗅着，鼻头上沾满黄土；青蛙气得跳入水中，发出扑通一声，莉莉被吓得倒跳一步，若不是被牵着，它此刻早已不知逃到哪里去了。

旁边有一棵约两米高的山黄栀，树上的一片黄叶吸引了我，那是被虫儿咬过的一片叶子，叶缘呈咖啡色。采回家，画了叶子的轮廓，也上了淡彩，后来忙了一些家务事，再继续作画时，发现咖啡色的部分变多了，真怀疑早上自己是怎么描绘的，只好再将咖啡色笔触往里延伸。下午，又忙了一些杂务。晚上，那片叶子上的咖啡色部分竟像火烧般，正一点一点地把黄色地带吞蚀掉，蔓延整片叶子。（8月10日）

尤加利叶
龙眼叶
山黄栀叶
尤加利叶
白匏子叶

外表看起来干硬的桃子，咬一口，竟有意想不到的甜美滋味。

凤梨奇遇

听山友说丹凤山上的凤梨有一百年以上的历史，无人照管后，慢慢归化为野生植物，而山上的松林也是在许多年前种植的。山友还告诉我，他小时候常到山上捡芒萁的枯枝和松树下的针叶、干树枝回家当柴烧，顺便也采些凤梨和桃金娘成熟的果实来吃。

现在，凤梨和五节芒、芒萁，以及一些蕨类及野草，丛生在路旁和山坡上。阴暗的杂木林中也有凤梨的踪迹。它有着僵硬、长长的叶片，叶缘长着勾状棘刺，看起来个性正直却又天生犟脾气，虽然好相处，但让人不想靠近。

春天，一丛丛绿色的植株上，结了成长中的红褐色果实，仿佛燃烧的火把。看它们造型特别，采了一颗回家画。过了几个月上山，找寻成熟的凤梨果实，却已不见踪迹，难道全被人们采回家供在神桌上？内心正觉得惋惜，突然，在山路的正中央，一棵野生凤梨出现在眼前，仍存有成熟的果实，令人无法置信，却真是心想事成。不料，身上没带袋子，若用手捧回家，或用上衣兜回家，未免有些嚣张，于是决定先采下果实放在一旁的草丛里，第二天爬山时再来拿。不料，第二天还是忘记带背包，到草丛边看一下，幸好果实还安然无恙。到了第三天，才把果实背回家。画好一幅画后，将外皮削去，打成汁，酸酸甜甜的风味，真好喝。（8月12日）

小时候，每逢初一、十五，供桌上都有水果。我想吃时，阿嬷总说，等拜完再吃吧！现在，我的画桌上也常摆满了水果，儿子见了，总说：“好想吃哟！”我会说：“等画完再吃吧！”

摆在画桌上的苹果，透出好香好浓的味道。咬一口，口感清脆，甜味中带点微微的酸。

苹果的滋味

初中毕业那年，爸爸和叔叔带着我和妹妹从宜兰出发，搭乘台汽客运到梨山去探访经营果园的亲戚。一路上的景色都不记得了，印象深刻的是，刚上车不久就闻到柴油味，加上山路拐来拐去，头开始晕起来，不久就反胃了，两个多小时的车程，都在痛苦中度过……

终于到了果园，那可是我第一次见到苹果树，好兴奋！我和妹妹爬上树，摘了苹果就往嘴里送，咬一口发出清脆的声音，至今似乎还闻得到那股浓郁香甜的味道。（8 月 16 日）

苹果

生香菇

帮儿子拎东西到学校，经过市场的桥头，看见转弯路口的大榕树下停放着一排整齐的摩托——野狼125机型，手把上的挡风板放着皮制的钱包，椅垫上包着一层舒适的牛皮，每辆摩托都有特殊的标记，很容易辨认。北投的山坡地多，许多太太下山买完菜，提着满篮子的菜返回时，会选择坐摩托回家——车上有特制的置物架，菜买得再多也不怕。每位司机的皮肤都晒得黑亮亮的，一脸诚恳令人安心，服务也很到位。刚刚，我还遇到一位摩托先生接送一个赶着去上学、睡眼惺忪的小学生。

回程，在光明路上，看见刚从阳明山、大屯山下来的阿婆挑着自己种的菜摆摊叫卖，喜欢看她们篮子里的新鲜蔬菜。其中有一个摊专卖生香菇，卖菇的妇人把香菇分成大、中、小三篮，她还说，她的菇种在大屯山，每年十二月把菌种植在木头上，直到来年八九月才收成，采收到木头腐烂为止。

我留了几朵新鲜的香菇来画画，剩下的做成晚餐：蒜头、香菇蒂爆香，再把香菇炒一炒，放些豆腐，勾芡后加点葱花，味道很香，口感也好。（9月5日）

从有机商店买回来的鸿喜菇，滑脆鲜嫩却带点苦味。

画好大大小小的香菇，觉得有些单调，
于是到山上捡些落叶和枯枝来搭配，
将它们画成从野地里冒出的模样。

蕈　类

台风带来充沛的雨水，阳台上又多出来好多新生命，有木瓜、番茄、马齿牡丹、黄鹌菜、小黄菊、长寿花……在枯叶和果皮下面，不知蕴藏着多少旺盛的生命力呢。最令我惊讶的是，红蝴蝶的花盆里长出一株蕈类，这可是台风过后最令人期待的神秘访客。它在阴暗的泥土里吸足养分，选择合适的时机，冲破万难站出来。

今天的天很蓝，阳光斜照在屋顶上，蕈类的头顶上沾着泥土和枯叶。小心翼翼地将它采进屋里，闻到一股很鲜的蕈类味道，查阅资料，虽然没有发现与它的颜色和形状一模一样的，但大致可以判断它没有毒。接下来，看着它的模样仔细描绘，伞柄有着光滑如丝绸般的线条。随着时间推移，蕈色慢慢变得暗沉。舍不得看它就这样枯萎，熬汤时，把它焯了一下，捞起来食用，嗯，口感滑嫩鲜美。

睡前，看一本杂志，专栏里介绍有的蕈类人碰触后，整只手会肿得好大，有的毒性强到致人死亡。想想从上午到现在已经过了十二个小时，还安然无恙，应该没事吧！（9月12日）

去年台风后，从花盆里冒出的蕈类，具有毒性，不可食用。

骑脚踏车到壮围海边，一路经过林丛、苦楝树林、木麻黄、月桃等形成的防风林。马缨丹的颜色最为艳丽，伴着一股特殊的气味，令人印象深刻。它虽然长得美，在乡间却流传着一个令人惧怕、不敢轻易碰触的名字——哑巴花。

马缨丹

变成伞的蕈

接连几天都是雷雨天。每天起床后，先到阳台观察曾经长出蕈类的花盆，盼着能再来一次惊喜，但希望总是落空，心里直纳闷：这样的湿度条件，应该很适合蕈类生长啊！

这两天，天气湿热，大岩桐都快被晒昏过去，傍晚才有一阵凉风吹进屋子里。我站在阳台上，发现台北市中心一带的天空好阴沉，远处还有雷电交加，低头就着阴暗光线，察看花盆里的植物，很意外地发现又有一株蕈类。它顶着细枯枝冒出来，好神勇，称得上是雷雨后的秘密使者。轻轻帮它把头顶的枯枝拿开，好让它站得更直。第二天早晨，蕈类已张开大伞，表面有淡咖啡色的块斑状鳞片，挺立在玫瑰花的枯枝和红蝴蝶的豆荚间。一旁的红蝴蝶新芽已经长出羽状复叶，陪伴着蕈类一起生长。（9月 15日）

鸡蛋花

从宜兰带回外祖母亲手酿造的酱油，一下想起好久没吃猪油拌饭了，到市场买了猪油和正当季的柠檬。走到福安宫时，远远看到鸡蛋花，花期已经快结束了，香味却还是很浓郁。刚下过雨，地面湿湿的，将一大袋柠檬和猪油，再加上一把伞挂在肩头上，然后退后几步，助跑一段往上跳，结果就只抓到几片树叶。猛然想起随身带的这把伞，赶紧用它来钩住枝干，用力往下拉，折了花茎，白色的乳汁溅了一脸。

回到家中，将鸡蛋花插在玻璃杯里，浓浓的花香四溢。画好了花却想不起来它的叶子是怎么长的，又跑到庙口细细观察一次，这次先在速写簿上画了简单的线条，再摘几片叶子带回家。晚上朋友来访，告诉我公馆路旁也有一棵鸡蛋花。第二天一早来到树下，因夜里台风来袭，鸡蛋花枝干断落一地，而且还很新鲜。满怀欣喜地捡了一长段鸡蛋花花枝往家走，路人尽投以奇怪的眼光。有了完整的枝干来观察，画起来容易多了。（9月20日）

卷 3 ＊锹甲的探险

我开始画阳台上新长出的辣椒，锹甲则忙着到处探险。

它穿过一个鸟巢，顶起一根树枝，跨越凌乱的枯松叶，

经过幻灯片盒，再绕过几本昆虫图鉴和朋友送我的一盆兰花，

钻进一片干燥卷曲的血桐叶，发出窸窸窣窣的声音，

之后，又爬过一盒跳棋和几本散乱的笔记本……

血桐的叶子

走在山边的公路上，发现一只锹甲天不怕地不怕地挡在路中央。怕它被不留神的人踩到，便抓起来放到树丛里，刚巧发现一片刚落下来的血桐叶——那颜色真是美丽——本来只是想现场欣赏一番就好，走了几步又折回头，舍不得，捡起叶子带回家。血桐叶静静地躺在画桌上，当时并没有想画的念头，只是觉得好看。

洗了一堆衣服后，看着那片叶子，才产生了想画的念头，就动起笔来。一心想跟随叶片变化的速度，快速作画，最后还是没办法赶上，到了中午，叶子只剩下原来的一半大小，仿佛原本光滑的面容一夕之间变成皱纹遍布的脸。叶脉变得起起伏伏，叶面颜色从明亮的黄色变成带点褐色的黄，而整片叶子像极了张开的手掌，慢慢地握紧拳头，变小了，却很有力气。（9月22日）

画了几次血桐的叶子，还是没能把叶子卷曲后的线条感充分表现出来。刚才在台阶上又捡了一片枯黄的血桐叶，看着它在画桌上慢慢扭转身体。

想拔掉种了许久的红薯，不料它的根部却紧抓着盆子不放。原来花盆里已长了好几块红薯，难怪拔不动。

红 薯

最近，天气比较阴凉，又连续下雨。到阳台看看植物的长势，发现放在矮墙边花盆里的两株红薯又长大了，想采摘嫩叶炒来吃，又考虑到它们没有得到充足的阳光照射，硝酸盐的成分恐怕过高，心想该把它们移到矮墙外的花架上——那里可享受到十足的光线，通风也较好。可惜花架上已没有空位了，到底要移哪一盆下来呢？每株植物都以一种不情愿的态度回应我，生怕被我看中。无奈，红薯依然失落地待在原来的位置。（9月25日）

球形的蕈

凌晨四点多，被大雨声吵醒。雨势实在太大了，到阳台将草本植物安居的花盆搬下来。清晨，雨停了，带着伞上山，清凉的感觉真舒服，一眼看去，只觉得山上的树林茂密了许多。一阵风吹起，好像又下雨了，其实是附着在叶片上的雨水被风吹下，水珠滴在头上，冰冰凉。

因为下雨，爬山的人少了，我反倒可以更轻松自在地欣赏景色。石头上长出嫩绿色绒毛样的青苔；林投树丛间的松鼠，跳到鹅掌柴的枝干上，充分展现一身爬树、跳跃的好本领。

松树底下，像是蕈类的球形体冒出头来，像极了干掉的狗粪。凑近看了一会儿，闻闻气味，才确定是从地下冒出来的蕈类，它们身上还顶着枯松叶。

隔了两天，再去观看，一株蕈类正从中心处裂开往外翻，里头呈淡褐色，另一株蕈类已完全翻开，中间呈现泥土的颜色。用手指轻轻触摸，感觉冰冰的，就像黑色烂泥巴拌上透明的洋菜。再摸一下外翻的皮，手指被染成咖啡色，赶紧用附着在叶片上的水珠洗干净，还好没什么异味。（9月27日）

熊蜂和锹甲

儿子得了流行性感冒，发烧、咳嗽、肠胃发炎。朋友打电话来邀我们去泡温泉，也好，儿子泡泡温泉、出出汗或许可以恢复得比较快。

今天的水温不热，儿子泡了十多分钟，精神还不错，跑出去和温泉大叔家的小狗玩；我泡了三十多分钟，感觉整个人筋骨都松了。儿子突然在外头叫喊，原来是他发现了一只锹甲。小狗也好奇地跑过来凑近鼻子闻，很不幸地被锹甲夹住鼻头，小家伙痛得乱跑，一个劲儿直摇头，才把虫儿甩掉，真是有趣。

户外，山壁上长满翠绿的蕨类，柏油路边积了厚厚的落叶，凉凉的风吹落一片片鲜黄的叶子。我想和儿子散步回去，但他觉得累，朋友热心地开车载我们回庙口。走在回家的台阶上，只见一只体长约 2.5 厘米、全身都是毛的熊蜂正被一群蚂蚁攻击。熊蜂痛苦地挣扎着，我用手轻轻抓起它，拨开它身上的蚂蚁，它却已无法飞起。突然想起早上去市场时经过这里，一只毛茸茸的蜂在我耳边嗡嗡叫，直跟着我飞了一分多钟才离开，难道就是现在这只躺在我手上的熊蜂吗？（9 月 30 日）

爱嫉妒的莉莉

每次早晨爬山回来，莉莉总急着冲到阳台，看看外面有什么动静。今天，邻居家的猫正悠闲地坐在藤椅上，我牵着莉莉看着它。嗯，不错，莉莉不再像之前那么讨厌它了。于是，我让它们愈来愈靠近，最后只距离三十厘米了。它们在平和的气氛中互视了一分钟，突然，莉莉皱着鼻子，露出尖牙，一脸凶狠，冲上去咬猫。还好我一直戒备着，并用力拉紧绳子。猫的反应也特快，混乱中莉莉的左下眼皮被抓了一道，流出血。

下午，又带莉莉到山边去捡了几片叶子，回到阳台正要脱鞋，却又听到一阵激烈的嘶吼声。在我还没弄清状况时，莉莉的右下眼皮又被抓伤了。原来，莉莉发现正在阳台上的紫菀和马齿牡丹旁边做日光浴的猫，马上冲它扑去，虽只咬到猫脖子上的毛，自己付出的代价却更大，事后还被我修理了一顿。（10月1日）

黑胸胡蜂

在阳台上晾衣服，一只体长约两厘米的蜂在身边绕来绕去，我的皮肤都可以感觉到它振动翅膀所产生的气流。手上正有一件衬衫，我把衣服抖开，随手一包，只是不确定蜂是否被困在里头。赶紧回屋，打开衣服，仿佛变魔术般，一只蜂飞了出来。

困在屋里，这只蜂一直嗡嗡作响。莉莉十分警觉地瞪视着它，嘴巴大张，眼珠子随着蜂转来转去。终于，这只蜂停在了纱窗上。我靠近看它的长相，蜂倏地飞起，吓我一跳。照样子去图鉴中察看，竟然是黑胸胡蜂。书上明确写着："蜂群攻击性强，常有蜇人致死的记录。"好可怕！

此时，黑胸胡蜂低飞着。莉莉突然跃起，快速猛烈地冲它咬去；黑胸胡蜂反应极快，瞬间加速冲上去。接下来奇怪的是，莉莉不但停止攻击，还躲得远远的，难道被蜇到了吗？

拿了一个透气塑料袋将黑胸胡蜂兜住，它急着找出路，用大钳子一样的口器一下一下剪着塑料袋，那"切、切、切"有力的声音，让人毛骨悚然。果然，没多久，黑胸胡蜂将塑料袋剪了个洞飞出来。我又找了一个大玻璃缸，将它罩在里面。它依旧奋力疾飞，拼命寻找出路。我生怕它会撞壁自尽，便拿走玻璃缸，让它自由飞行吧！

黑胸胡蜂终于安静下来，停在纱窗上，前脚凑着触角。我好奇地爬上画桌靠近看，黑胸胡蜂突然转身冲我飞来，我一紧张从画桌上踩空摔下去，跌个四脚朝天，还撞到了臀部。还是赶紧把倒下的椅子扶正，冰敷去吧！（10月5日）

锹甲的探险

冰箱里放了七八天的香瓜，外皮已经有些脱水。我削去了瓜皮，儿子拿盘子装了些瓜肉，把锹甲放在瓜肉上。只见它立刻用大颚夹住果肉，之后一直乖乖地待在盘子里不肯离开。

第二天，香瓜浓浓的腐酸味引来了大大小小的蝇类，我只好把瓜肉放进阳台花盆里当肥料，锹甲则留在画桌上自由行动。我开始画阳台上新长出的辣椒，锹甲则忙着到处探险。它穿过一个鸟巢，顶起一根树枝，跨过凌乱的枯松叶，经过幻灯片盒，再绕过几本昆虫图鉴和朋友送我的一盆兰花，钻进一片干燥卷曲的血桐叶，发出窸窸窣窣的声音，之后又爬过一盒跳棋和几本散乱的笔记本……

一段时间没听到它爬行的声音，好安静。突然，“呼”的一声，锹甲从画桌上跌了下去，摔了个肚皮朝天，六只脚像仰游般划动几下，好不容易才翻过身来，继续爬行。瞧它大摇大摆、不知天高地厚的样子，真有趣！这时，莉莉走了过来，皱着眉头看了它一会儿，又嫌无趣，躺回地板上睡觉去了。

傍晚，儿子放学回来，急着找锹甲。我告诉他应该在地上吧。儿子趴在地板上，探着头到沙发底下、书柜下寻找，却始终不见踪影。他一脸懊恼地嘀咕着，说我没把锹甲照顾好。晚上，大家准备睡觉时，一只好大的昆虫从灯下飞过，这才又找到了它。于是，儿子决定帮锹甲布置一个新家。

第二天一大早，我在山路上捡到一只金龟子，心想它可以和锹甲做伴，回到家却看见儿子一脸沮丧地在枯叶堆中找锹甲——又不见了。抬起头，我看见纱窗有一道好大的缝。（10月7日）

黄花夹竹桃的果实

陈济棠将军墓园是刚搬来北投时最常带孩子去的地方，有一口喷泉和一座古色古香的牌楼，以及各式各样的植物。有一天，一辆挖掘机开进园子，推倒树木和牌楼，从此，墓园变成了废墟。

几年下来，这里已成为我的自然资料库，不知有多少画面都来自这座生机盎然的花园。台阶口有一棵黄花夹竹桃，树下满是落叶和掉落下来的果实。我摘了一颗挂在树上的果实，它的外形挺有趣的，好像两个相对的屁股。又从地上捡起两颗成熟的果实：一颗底部已经裂开，侧面像极了鹦鹉的嘴巴；另一颗外皮已经腐化，只剩下干木头质地的外壳，果实侧面有一道裂缝。我将小刀插入裂缝，想扳开硬壳却扳不开，再插入一把不锈钢尺，费了好大劲儿才把外壳打开。不晓得里头还有没有秘密？用刀子把一片木头材质的东西刮去，看到硬核内的种仁，再脱掉那层蛋壳般的种仁表皮，露出来白肉，有一层乳白色的膜附在表面，里头如花生仁般的质地，味道不知是否也像花生仁一样。不过，黄花夹竹桃是有毒植物，千万别尝试！（10月10日）

插 花

从午觉中醒来已是午后三点。水蓝色的窗帘被风吹起，扬得好高，阳光穿过两片布帘的空隙照着画桌上的笔记本。乳白色的纸上有着未完成的画，表现的是这两天在山边散步随意摘来插在瓷水杯里的植物。不管它们生长的方向和姿态，我随意地插在水杯内。

光线跟着舞动的窗帘裙摆变化着，一会儿亮，一会儿暗。我曾经花了很长一段时间学插花，懂得一些技法，不过，我建议教插花的老师最好抽时间带学生们到树林里上课，因为每棵植物都在告诉我们最自然的表情和姿态。

隔了十年，记忆中插花的原则已然模糊，但仍可在观察植物的过程中温习——插花的技巧原本也是从大自然中归纳出来的。（10月19日）

蔓九节

砂岩上的蔓九节结满了果实，正在享受阳光。瞧，它施展缠功，用一根根的茎将香楠树干和白匏子树干牢牢缠住，连路标的指示牌也忍不住要去装饰一下。有了它，木制的路标变得好有生气。一段枯立松木也被蔓九节得意洋洋地占领，如果不是它，这段枯木或许早已不支倒地；就连躺在地上的另一段枯木，它也没放过，沿着树干四处生长；即使在小枝和落叶上，它也尽情施展攀爬的本领。

新倒下的一根树干，蔓九节还来不及占领。啊，它正从邻近的枝干上伸了一根新枝过来。有时，它喜欢一个人静静地独处，有时又偏好和大家共处。不论是待在强烈的阳光下还是树荫下，它都乐在其中。（10月25日）

清晨五点十五分，天已经亮了，含苞的牵牛花开始迎接新的一天，淡绿色的花萼呵护着淡紫色的花瓣。将一朵花倒过来放在手掌心，像极了一件美丽的花裙，这让我浮想联翩：一位美丽的贵妇穿着一件紫色大圆裙，裹着细腰，静静地坐着，等待绅士来邀她共舞，此时，响起幻想交响曲的“舞会”乐章，贵妇终于起身接受邀请，转动着曼妙的身体跳起舞来。

大花咸丰草的种子

最近家里蚊子好多。身上某一处感觉痒，总不敢乱动，然后，一巴掌狠狠拍下去，再低头寻找蚊子的尸体。唉，这一次根本不是蚊子作祟，而是早上爬山沾在身上的大花咸丰草的种子在和我开玩笑。（10月27日）

月 桃

山坡上的五节芒开花了。芒穗状的小花，有着黄黄紫紫的颜色；雄蕊上有两三个花药；雌蕊像羽毛般互生在芒穗上，有些像一头柔顺的发丝，有些仿佛天生自来卷的发质。风一吹，发丝随风飘扬，像是测量风向的指针。突然，几根五节芒的茎秆左右抖动着——我正想着这是吹的什么风，仔细一看，原来是褐头鹪莺在底下作怪，它们褐色的身子在草丛里窜来窜去，想看清楚都不容易。因为天生性急爱玩，它们不是上下跳来蹦去，就是不断地扭转身子，没有一只静静地待着。一只鸽子，停在枯松木上，望向远方，是在等待同伴，还是迷失了方向？

一片松林底下，满是咖啡色调的枯松叶，看上去多么柔软。我忍不住躺在温暖舒适的叶床上，透过马尾松层层交错的枝叶，看着蓝蓝的天空。之后，又走到树林里，发现了一棵三米多高的月桃。这棵月桃叶片硕大，叶缘裂开来一道道的缝，一长串红红绿绿的果实灯笼般美丽，有些果实已经裂成三等份，中间露出多角形银灰色的种子，还散发出一股特别的香味。（11 月 1 日）

黄　豆

今天在蔬菜班上见到了一包黄豆芽，我不禁想起朋友给的一袋黄豆，再不吃可要过期了。于是，把黄豆洗净，用水泡四五个小时后，倒入果汁机打成汁，最后将黄豆汁放入锅内煮沸。制作过程听起来容易，想要成功可要非常地专心。有一次，我将两锅豆浆放在火上煮，一边清理厨房旁的洗衣间，刚过了五分钟，来到厨房，就被眼前的景象吓坏了——豆浆像火山爆发的岩浆一样冲出锅盖，淌到地板上。我赶紧把火关掉，打开锅盖，天啊，两锅豆浆总共剩下不到两百毫升！除了叹息，我还得重新打扫厨房的料理台及地板，这是上天在惩罚我吗？这之后，每次煮豆浆，我总是战战兢兢地站在煤气灶前，双眼直盯锅内，耳朵静听煮沸声，不敢有丝毫分心。煮豆浆刚开始可用大火，拿勺子轻搅，等到豆浆快要沸腾起来时，马上转为小火直到煮开为止，最后加上砂糖就可享用香浓的豆浆了。尤其是表面形成的豆皮，美味极了，大家都抢着吃。

最近，朋友告诉我一种最安全有效的方法：先把黄豆蒸熟，再把黄豆、糖和热水一起倒入果汁机打成汁，就成了最有营养价值的豆浆了。（11月3日）

细细的茎上吊了蓝紫色果实的爬藤，攀附在一根长了深绿色叶片的枝条上。如果将画面上的枝条延展开来，也许是一张雅致的包装纸。

贝　壳

闷热的午后，阳光炙热。先生开车载着一家人来到滨海公路上，因为是假日，到处都塞满了车。怕莉莉晕车，我打开窗户，一股汽油味混合着热风吹进来。不知不觉中，我睡着了，一觉醒来，竟发现双唇含着一根狗毛。后座上的莉莉口水愈流愈急，下腹急促收缩着，紧接着口吐白沫，一阵呕吐的声音传来，真可怜！我们无奈地看着它，它以略带伤感的神情回应着。到了大里海边，我们下车稍事休息。海风好强，黑褐色的海岸上遍布白花花的东西，走近一看，真是不可思议——一大堆、一大堆各式各样的贝壳，简直称得上是贝壳海滩，令人目不暇接。

美丽的珊瑚藤

几天的假期过后，好不容易有个清闲的早晨，我正想画贝壳，电话突然响了，儿子的声音传来：“妈！我的书包不见了！”原来是他上学忘了背书包。我只好提着书包，像小学生一样走在石阶上。堇菜从水泥缝隙中挤出来，开着紫色小花；珊瑚藤桃红色的花朵铺满车棚和屋顶。送了书包后，我从另一条山路回家，发现了一棵爬藤植物。它有着粉红色的花，结了好长的豆荚，豆荚间的茎条上还停留着一只星天牛。想抓住星天牛带回家画，结果被它咬了一口。啊，好痛！手一松，星天牛摆出一副英雄般胜利的姿态，飞走了。（11月8日）

白凤豆的大豆荚成熟后，种子为枣红色。

第三月台九车三十四号

妈妈去嘉义外婆家摘了好多菜，要我下午三点四十分在台北火车站的月台拿菜。我站在九车的位置等着，火车晚了四分钟才进站，一一扫过车厢内的乘客，却没看到熟悉的身影，原来妈妈已经下了车提着菜向我走来。我接过塑料提袋，里面像是放了石头般沉重。妈妈随口说肚子很饿，我怎么就没想到准备些点心！

妈妈上了火车回宜兰，我拎着两大袋子菜，背都累弯了。从月台走进捷运站，把袋子放在地上，拿出几个丝瓜放在背包里，总算减轻了一点儿重量。到了北投站，走回家还有十五分钟的路程，我真希望能在路上遇到熟悉的人，可以分些菜给他们。东张西望地走到庙口，还得爬九十九阶的楼梯，一想就累。这时，远远看到一个穿着淡绿色体育服的初中生，那不正是我的儿子吗？赶紧喊他的名字。他左手握着一包香鸡排，右手拿着竹竿，边走边吃，听到喊声，他有点儿紧张地把装着食物的纸袋抓紧，大概以为是哪个女生在叫他呢！

请儿子帮着提那袋重重的菜，我吃了最后一口鸡排，两人一起走回家。两个袋子里有一盒虾仁卷、一把韭菜、一大包地瓜叶、二十五个茄子、六个丝瓜、七个不算大的白萝卜，以及一大把满是虫咬的小白菜和青江菜。分出一些送给邻居朋友们，晚上做了油炸虾仁卷、清炒小白菜、丝瓜炒鸡蛋，加上一大锅白萝卜排骨汤。一家人提早享受了冬天的美味。（11月9日）

大自然的发型设计师

今天起得特别早，天刚微微亮，我就带莉莉往山上走去。天边一抹粉橘色的彩霞，一阵风把攀附在松树上垂下来的牵牛花细藤弄乱了。爬在山黄栀头顶上，开了好几朵黄花的软枝黄蝉，也被吹得快翻脸了。走到半山腰，站在迎风的山坡，感觉风像在大声对我说话，它还把我原本右偏分的头发吹成左偏分。相思树顶着一头细密的短发，往前弯得快折断了腰才又弹身回来。走进树林，风声突然变得好远，小路两旁的野草也没什么动静，想弄一下挡住视线的头发，却像被吹风机定了型一样，难以恢复原状。

出了树林，走在下坡路上，东北风从后面直吹进衣服，胸前、腹部和袖子都“气鼓鼓”的，一阵阵的风像只大手推着背，又把左偏分的头发吹成了中分，紧贴在脸颊上。回家照镜观看，我那像新竹米粉的发质被吹得服服帖帖，国字脸也被掩饰得比较修长，不禁自言道：“嗯，还不错，蛮俏丽的！”这样想来，发型设计师可能常常要到迎风处吹吹风，才会有那么多的灵感，变化出那么多漂亮的发型来。（11 月 11 日）

镶着暗红色边的相思树豆荚，颜色和树叶极像，仔细看才找得到。

连日的大雨，家里的湿度达到 88%，书和画纸微呈波浪状。天色阴沉沉的，画面上的茄子颜料还未干，去睡一觉再继续画吧！

菝葜

菝葜的果实，青绿色裹着白粉，在初夏的阳光中，一串串悬挂在枝头，绿色的小球上还带着昨夜未干的露水，看上去闪闪发亮。累累果实挤在伞骨般的小梗上头，几乎看不到空隙。想起小时候院子里的那一棚子葡萄，我常常站在棚子底下往上看，用指头数着葡萄串，心里有种满足的感觉。只可惜青葡萄虽然熟了，味道还是酸酸的。采收后，妈妈会将它们酿成葡萄酒，我们喜欢偷偷地将正酿着的葡萄拿来当零食吃，只多吃几颗就会满脸通红。几个月后，菝葜青涩的果实长大了，变成黄绿色，有些还淡淡地泛着红光，像一张张玩得开心的脸。不怕晒的果实红得快，躲在阴暗处的果子们，不知还要多久才会成熟呢！（11月14日）

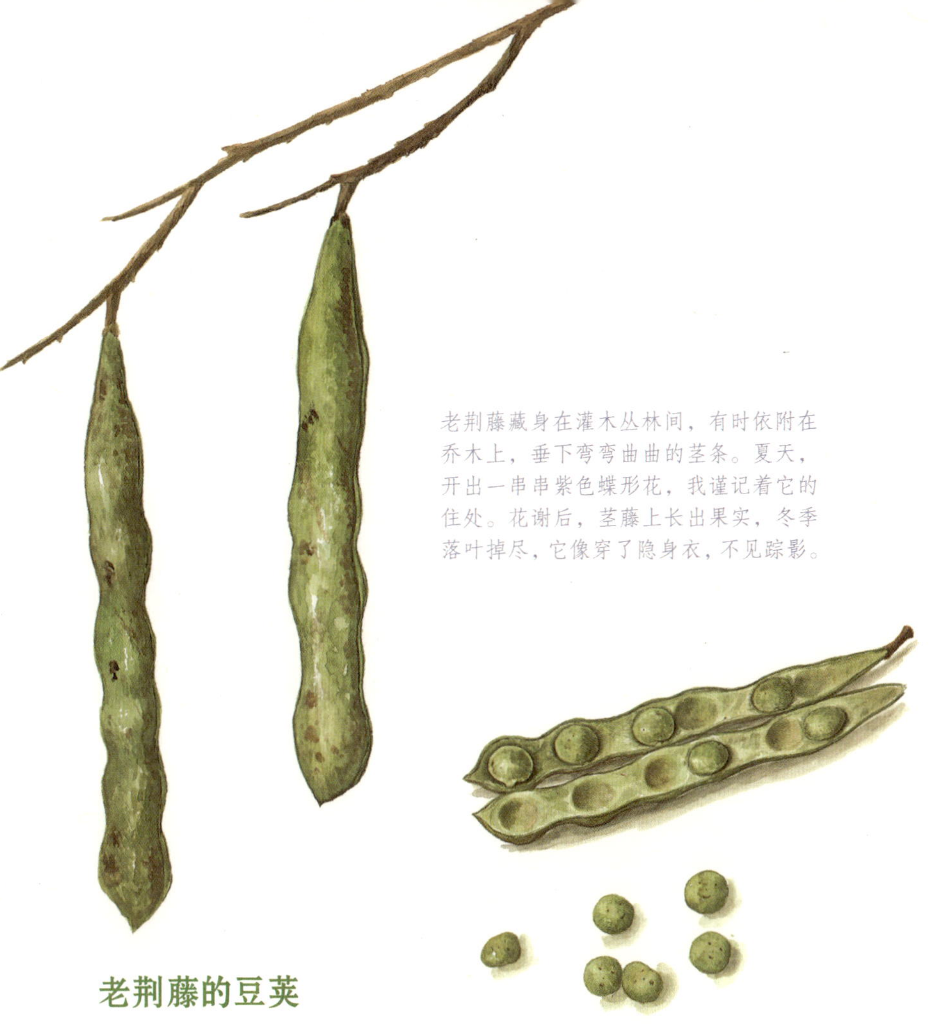

老荆藤藏身在灌木丛林间，有时依附在乔木上，垂下弯弯曲曲的茎条。夏天，开出一串串紫色蝶形花，我谨记着它的住处。花谢后，茎藤上长出果实，冬季落叶掉尽，它像穿了隐身衣，不见踪影。

老荆藤的豆荚

野草丛生的山路旁，眼角闪过结了豆荚的植物，仔细一看，竟是盼望已久的老荆藤。老荆藤淡绿色的豆荚和毛莲菜、大花咸丰草、芒萁夹杂在一起，它的枝条也和菝葜相互纠缠。过了两星期，再度上山看豆荚成熟了没，感觉好像去拜访一位没有事先约好的朋友，不知它是否搬家或去旅行了，希望一切安然无恙。走到熟悉的地点，又和豆荚见面了，看上去它不但成熟了许多，淡绿色的果皮上还泛出褐色的纹路。隔了几天，再度路过时，赫然发现路旁的野草都被乱刀砍过。急着寻找盼望中的豆荚，却只剩下杂乱的干草堆——老荆藤竟被丢弃在山坡旁。我只好带着它枯黄、憔悴的身躯回家。几天后，放在浅盘里的豆荚裂开了，掉出褐色的种子。（11 月 15 日）

饲养箱里的小松鼠，眼睛黑亮亮的，一副聪明机灵的模样，最喜欢啃坚果。晚上，它喜欢裹在一条满是牛粪气味的短裤里睡觉。

野外进食的松鼠

清晨六点经过白匏子树林时，总会遇到一位妇人提着一大袋吐司皮，在几个固定地点喂食松鼠。有时，妇人将食物放进绑在树干上的离地约一米半的篮子里，不一会儿，四面八方的松鼠飞也似的朝篮子集中过来，像被训练过一样，有秩序地抖动着尾巴前进，然后轻盈地爬到篮子边，拿了吐司皮，再爬到高一点的枝干上，把食物抱在胸前好好享用。看到我和莉莉站在篮子边，松鼠们不敢轻易下来，十分谨慎地慢慢接近食物，途中看看我，又看看莉莉，蹦挪到篮子边赶紧拿一块，再拼命往上爬。莉莉看着小松鼠进食，露出羡慕的眼神，忍不住四处寻找从篮子里掉下来的吐司屑片。（11 月 17 日）

小松鼠家中做客

最近，豪雨不断。表弟在军营里救了一只体长只有十厘米、刚出生不久的小松鼠。他又带着小松鼠从高雄坐巴士回台北，途中小家伙睡在表弟的左手掌心，把表弟的右手当棉被盖着，好像在妈妈的怀抱里。下车前，表弟突然惊醒，发现松鼠不见了，原来聪明的它藏在了表弟的腰脊和椅背之间的空隙里。

台风过后，先生和表弟到山边捡了几段枝干给松鼠攀爬，无意间却在路旁发现了一个搭建得好美的鸟巢，里头有香楠叶、相思叶和白千层的树皮，鸟巢中心铺满松叶和羽毛，外层以藤类的茎条缠绕着。

两个月来，表弟一家人以自家种的有机蔬果喂食，小松鼠长大了，活蹦乱跳。我将小松鼠借回家细细观察，想用画笔给它留个影，只见它有着黑色底、黄褐色的体毛，亮亮的眼睛，如鸡毛掸子般一抖一抖的尾巴。小家伙一直在饲养箱里旋转身体，表演特技般地用后脚抓住枝干倒悬在半空中啃食坚果，一会儿又用小嘴吸吮着指头，一会儿又在枝干间跳跃，腿部强劲有力。我实在不忍心见它长久地困在狭小空间里，索性让它出来玩玩吧！重获自由的它好奇地跳上玻璃书柜，却滑落下来，又跳上画桌，吃了插在剑山里的菝葜枝上的果实，还在调色盘上踩来踩去，我的肩膀则成了它到各处游玩的跳板。突然，它从画桌上跳起，直冲向我，正中喉咙，又跳到窗帘布上。来来去去好一会儿，大概累了吧，最后倒挂在窗帘横杆上休息。最有趣的是，它总是吃个不停，似乎永远没有饱。（11 月 20 日）

卷 4 *圣诞饰品

沿着山路前行，一路上捡了枯枝和松果，
又采了蔓九节、吕宋荚蒾、菝葜的果实
和两三片有着锯齿叶缘的小花鼠刺叶子。
将它们全部放在一起，就是圣诞节的最佳饰品。

台风后到处是枯枝败叶，吕宋荚蒾的叶子被吹了好几个破洞，果实依然紧紧地抱住枝条。

吕宋荚蒾

站在松涛断崖的岩石上，面对纱帽山，风一阵阵地迎面吹来，身体也随之晃动。远处，纱帽山变成灰绿色，七星山的山腰全被乌云笼罩，那里一定在刮风下雨。

秋天的山上，树林里的颜色大多还是绿色的。穿过芒萁丛、五节芒和松树林，正巧碰上了吕宋荚蒾：枝条上长满了一粒粒的果实，有的红着半边脸笑着，有的一副早熟的样子；叶片底下黄绿色的果实，似乎还不想长大，藏在里头和同伴打闹着；绿色的叶子一片片特别大，泛着暗红色的光。之后，走在枯叶和野草丛中，见一片深红的叶子旋转飘下，落在错杂的枯枝上，越发显得与众不同——鲜美的叶片上，点缀着缤纷的色彩。

这个季节，每一丛枯叶堆都有不同的造型组合。喜欢捡刚掉下来的叶子，看着它们水分慢慢流失、颜色渐渐褪去，最后变成枯叶，感受时间走过的痕迹。（11 月 22 日）

斯文豪氏攀蜥

杂志社打电话来约稿，希望画一张攀蜥过冬的图。这种题材之前从未接触过，抱着尝试的心态答应了。我认为，还是观察完实物再作画比较有把握，于是开口向博物馆专门研究蛇蜥的专家借了一只斯文豪氏攀蜥。专家将小家伙装在透明的手提饲养箱里，给了我一些面包虫，又说了一番如何饲养。我带着它上了公共汽车，一路上，它一直安静地睡大觉。

回到家，我赶紧到山边捡了一根树枝，给斯文豪氏攀蜥攀爬，从此它就抱着枝干，听着古典音乐，整天像婴儿般闭着眼睡觉，样子很温顺。先生非常怕蛇，到了无可救药的地步——平常言谈间，只要提到蛇，他一定马上叱喝着停止谈论这类话题。有一次，学龄前的儿子满怀欣喜地拿了一条蛇瓜，到床边给睡眼惺忪的老爸看。先生怒气冲冲不说，还大发脾气，这让我们都记得这次教训，再也不敢和他乱开玩笑。顾虑到先生的反应，提前打电话向他征询意见，还好他勉强能接受蜥蜴，我谨慎地再次询问："如果还要画蛇呢？"他断然回答："如果你把蛇带回来，我就跟你离婚。"这是什么话嘛，真是令人费解。

虽然斯文豪氏攀蜥平常一副可爱的模样，但当我掀开盖子喂食时，看到全身覆着鳞片的它总是张大嘴，一副凶悍不可侵的样子，还是会紧张兮兮到头皮发麻，手就在箱口快速地一伸一缩，生怕被咬到。小家伙像极了一只凶猛且动作敏捷的恐龙，而我就像一只随时可能被捕的猎物。除了喂面包虫，还会给它一些“零嘴”，那阵子我常在地板上、柜子的缝隙间、阳台的花盆里找各种虫子，比如蟑螂。只要食物一进箱子，蜥蜴皆能冷静应变，迅速射出舌头，从没失误过，瞬间只见留在嘴边还在挣扎的蟑螂脚。（11 月 25 日）

树上举腹蚁的巢

谁在丛林里

周末下午，天气有点儿闷，偶尔微风吹起，我淋着细雨带莉莉上山，被一棵粉橘色的枫香树吸引。正当凝神观赏枫香树时，一只蛇雕从眼前飞过，视线又追随它展翅平飞的姿态。不一会儿，它便消失在前方树林。

下雨天，路人少，小动物们玩得特别尽兴。巴黎翠凤蝶闪动耀眼的青色翅翼，蝉有气无力地呻吟着，泥泞的山路上有着鞋底印痕和狗的足迹。食茱萸的茎干和叶背上布满了棘刺，摘一片叶子揉一下，清香中带点樟树的气味弥漫开来。五节芒干枯的茎秆缝隙中，一只白眉毛的褐色头的翘起灰褐色尾巴的鸟忽隐忽现。在草丛里活动的昆虫们发出碰触叶片的摩擦声，窸窸窣窣，这让莉莉不耐烦地用后腿蹬了几下草丛，也制造出一点“飕飕”的声响。眼前的五节芒叶片轻晃，一只蝗虫停在上面，从叶背慢慢爬到叶面上，触角短短的，灰黑色的脸加上胡子般的触须，像是老公公的脸……心里才这么想着，只见它敏捷有力地一蹦，不见了，一定在抗议我对它下的评语。

一旁的白匏子枝干上有个蚂蚁窝，主人好像不在，我想摸一摸质感，于是把表层带有植物纤维和泥土的小片拨开，却一不小心戳破了一个洞。一只只尾部翘翘的举腹蚁慌慌张张地跑出来，一副生气要找人算账的模样。要是被弄破的是蜂窝，那就真糟了。（11 月 27 日）

野棉花的速写

在野外画植物真好，不用帮着摆姿势，呈现出来的就是最美的一面，也不必担心枯萎掉，更无需插在小瓶里，任它多娇贵也无妨，只要看清楚长相，轻轻挥动画笔就好。

速写完野棉花，我牵着莉莉小步跑着，不料它突然加快速度，我险些被拽倒，赶紧松手，它瞬间加速拼命往前冲，驰骋在山林间，体态有如猎豹捕捉猎物，一下子就不见踪影。过了两分钟，它又突然直冲回来，我赶紧闪到一边让它过去，却因路窄差点被绊倒。到了一处林下的圆形小空地，莉莉仍在横冲直撞，像头发怒的野牛，跑得愈来愈快；我像竞技场上的斗牛士，拼命抓它，可连根毛都碰不到。终于，它累了，躺在草地上急促地喘气。看它气喘吁吁的模样，我心想它应该不会再逃走，于是解下拉绳。它刚开始乖顺地跟在我身后慢慢走，尽情享受这无拘无束的自由，哪知我一不留神，它又跑得不见踪影，原来钻进了芒草丛里休息。我只好钻进一米深的芒草丛里硬把它拽出来，正要用铜环钩住项圈，它却一溜烟又跳进污浊的池塘，在里头打滚，然后站在池中间望向我，好像说："下来抓我啊！"我只能没辙地看着它。（11月28日）

一枝黄花一年一度来访，从野草丛中窜出，开出一串串金黄的花儿。

野棉花

台风天

滂沱的大雨打在雨篷上，让人有着身处大瀑布旁的现场感，却又安心地在家中享受着瀑布旁的清凉。一阵急促的电铃声过后，小儿子淋得透湿回来，被我气急败坏地数落一番——他竟然忘了雨衣就放在书包里。

出门，去给大儿子送雨伞。走在山边的台阶上，看雨水像溪流一样冲走落叶。到了学校，听到广播，才知道台风来袭的消息。回到家，坐在窗边，打开十厘米的窗户缝隙。风鼓着双颊幽灵般呼呼吹着，夹带着雨水沁进屋里。起身，赶紧把盛开的大岩桐和石斛从阳台搬进来。

台风过后，阳台上满是从丹凤山吹下来的落叶，有血桐叶、枫香树叶、槭树叶、香楠叶……花盆里的植物大致安好，在两个相叠的闲置花盆边竟长出一株新芽，因照不到阳光，新芽的颜色像韭菜黄一样。台湾百合也从覆盖着茶叶渣、丝瓜皮和菜叶屑的花盆里冒出一丛嫩绿的叶子。

正看着植物，邻居家的猫忽然跑过来凑热闹，一会儿抓着我的裤腿，一会儿又抱着我的胳膊。莉莉在屋里见此情形，吃醋地哀号着。我只好把不甘寂寞的它带到阳台上拴着。猫这才收起贪玩的心，唯唯诺诺地待在椅子旁，像个温柔娴静的仕女看着我。我忍不住走过去轻抚猫背，莉莉随即皱着眉，发出尖锐刺耳的吼声，气急败坏地用前爪抓门上的纱网，以示抗议。（11 月 30 日）

这棵种在阳台上的石斛喜欢阳光，不用特别照顾，每年都开出手掌般大的花朵。

下　雨

将盛开的石斛从阳台搬进屋来，边闻着淡淡清香，边画着淡紫色的花瓣。天突然下起雨来，水滴在雨篷上打鼓，嗒嗒嗒响着，搭配着不大不小的雨声，淹没了对面住户流出的快节奏的曲子和邻居小朋友弹奏的钢琴古典名曲；倾斜的水槽，水流急，水滴声好像火车行进的节奏。

一阵“啾——”的声音传来，发生了什么事？原来是一大群绿绣眼呼啸而来停在花坛上。其中有两只特别贪玩，在红蝴蝶的枝干上跳啊跳！同伴们都飞走好一会儿了，它们才着急赶上。

儿子昨晚又挤到我床上睡觉。早上起来，我才发现莉莉没在沙发上睡，正纳闷他去哪儿了，不料它听到脚步声赶紧来到我身旁。我到儿子的房间里摸摸棉被和床垫，还留有余温，原来是莉莉趁主人不在，偷偷溜进房间，睡在温暖的被窝里。（12月1日）

九节木的彩色果实

大自然的反扑

上星期还挺立在断崖边听着松涛、感受风力的超大岩石，前天突然坠落，滑下山谷，推倒茂密的树林，沿途形成四十米长的黄土坡道，白匏子、九节木、颌垂豆……被连根拔起。出现这种现象是要告诉我们什么信息吗？岩石滚下时发出轰隆隆的巨响，却唤不醒正拿着斧头、砍伐林木的山友。他们疯狂砍伐，是要迎接圣诞节的来临吗？

走到池塘边，蹲在岸边，只见浅滩上的池水如潮水般有规律地涌来涌去，一下子池水漫出，一会儿又露出湿湿的泥土。岸边长出了一丛紫苏草，上面的小紫花已经凋谢了。（12月3日）

树林里的藤蔓

三角叶西番莲的果实

山路上凤凰木变黄的小叶片随风飘下，撒在微湿的地面上，像夏天铺在晒谷场上金黄色的稻子；橘红色的橄榄叶片，浪漫地点缀上头；掉落地上的橄榄果实，愈来愈大。山路旁九节木的果实，红的黄的挂满枝梢；三角叶西番莲垂下亮绿的果实。崖边的风口处，三角叶西番莲被过境的台风吹得好凌乱，我捡起一颗被吹落的果实，那青绿光滑的果皮不禁令人想起酸酸甜甜的独特风味。

大屯山和纱帽山一带的云层厚厚的，太阳被闷在里头，除了观音山的鼻孔和额头仿佛因生气冒出一团灰云，整个大台北的天空干干净净。我面对着中正山，坐在断崖的岩石上，往底下看，一棵山柿子结了好多果实，大大小小的车子在山路上穿梭，渐渐找出曾经走过的路和那些熟悉的建筑。

走进树林，阳光从枝叶间照进来，藤蔓像彩带般盘得到处都是。踩在枯枝上，脚下响起“噼啪”断裂声，还差点被草丛上的藤蔓绊倒。一棵白匏子被藤蔓勒紧树干，一副高高瘦瘦、营养不良的样子，一根长枝也被藤条紧紧缠绕，看上去好可怜！努力将缠绕在上面的茎条解开，露出的长枝就像电钻的钻头一样。（12月5日）

金露花有着淡淡的、高雅的紫色。

金露花的果实

昨天，蟑螂吃掉了画桌上红色的吕宋荚蒾果实，啃完了调色盘内黄色、绿色的颜料，品尝了几下蓝色水彩，还在盘子内排了一颗蓝色粪便。聪明的蟑螂，总是先吃完新挤的颜料，才考虑已变得干硬的颜料。今天，红色和紫色颜料也不见了，最可怕的是，就连画面上美得像古代仕女头上的发簪一般的金露花的果实，也被无情的蟑螂吃掉，只留下淡淡的金黄色痕迹。朋友告诉我一个秘方，硼酸加上太白粉和切碎的洋葱，揉成团阴干当饵，就是一种自制的对人无害的蟑螂药。（12月7日）

金露花，以前老是忘了
它的名字，现在只要想
起一串串像金黄色露珠
的果实就能忆起。

乌桕的果实

成熟的果实打开了，
露出种子。

台湾荚蒾

还没出门就已察觉出外面风势很大，穿上棉布格子衬衫走到山上。丹凤山的上空一大片灰色的云快速移动着，露出一小块蓝天，分不清是那一片灰云在走，还是那一块蓝天在动，感觉就像坐火车——两辆火车同时停在月台上，另一辆火车动了，却以为自己坐的火车在走。

风像浪涛般，由远而近袭卷过来，又渐渐远去。地上的大头茶落花愈来愈多，树上的花渐少；乌桕的果实成熟了，风一吹掉了一地，像嗑过的瓜子碎片，从橙红变成鲜红的果实仿佛诉说着冬天来临的信息；山坡上，五节芒的芒穗像被风发号施令般，往东北方向齐扬去；山间的台湾荚蒾，不管是叶片还是果实，颜色层层变化，黄绿泛着橘、黄橘染着红，大自然赐予的颜色推推挤挤、分分合合，叶片上任何形状的斑点和虫咬过的痕迹都形成了美丽的图案。还没开始画呢，就已陶醉在用彩笔渲染果实颜色的乐趣中。要用什么纸画呢？一路上盘算着。（12月9日）

台湾荚蒾

泡温泉

泉源路上有着浓浓的白煮蛋味道，硫黄谷内布满淡黄色的硫黄结晶，水泥槽里的地热喷泉发出轰隆隆的声响，像煮开的水般滚动翻腾着。滚烫的热水喷得好高，还溅出槽外，硫气孔喷出的浓烈白烟升腾到半空。不怕热的野狗在谷地聚集，是在治疗身上的皮肤病吗？

从公路旁往下走，长长的台阶上刷了白色油漆，以方便夜间泡温泉的路人辨识。沿路的石头被硫黄蒸气熏成铁灰色，岩石旁长着耐高温的五节芒。一缕缕的白烟吹拂脸庞，满是酸酸的硫黄味。

深入小径，植物愈来愈茂密。青翠的山黄麻将枝条伸向河面，林荫交织的绿意加上白波荡漾的流水，美得令人窒息。山路边长出青苔的大石头，被人用俗艳的色彩画上了图案。走到绿色扶手的竹林桥上，耳边一阵阵惊涛骇浪的巨响，低头一看，桥下水流湍急，气势浩大。

看到竹林，男女就必须分道扬镳了，一座男桥，一座女桥，过了桥才进入马祖窟的温泉池，又经过狭窄的台阶，才进入一座钢筋水泥盖成的平房。泡在温热的水里，欣赏苍翠的山林，听着潺潺的流水声，感觉真是妙。其间，光线从帆布空隙间投射进来，白烟冉冉上升，让人有种身处仙境的感觉。除了泡温泉，妇人们也喜欢做各种运动，像拍打腹部、活动筋骨、抖动全身等，也可顺便保养保养皮肤，涂上柠檬汁轻揉全身。池边还有天然巨石可以躺卧，小睡一下也不错。泡过温泉后，身体热乎乎，筋骨松软软。盘算着要走一个半小时回家还是乘公共汽车呢？正巧230路公共汽车来了。还是乘车回家吧！（12月10日）

山中的精灵

一群褐头鹪莺灵活地在树丛间互相追逐。如果不是穿着白衬衫，真想隐身在丛林中，和枝叶融为一体，静静观赏它们在玩什么新奇的游戏。

吕宋荚蒾的聚伞花序上结满暗红色的果实，有些果实甚至坠得红褐色的枝条垂落下来；芒萁的新芽高高地立着，像挺着胸膛的士兵在坚守自己的岗位；一枝香开着紫色的小花，看去多么安逸！五节芒和芒萁围绕着松树壮壮的身躯，它们的茎叶上顶着厚厚的针叶，形成一个拱门状的洞穴。那是小矮人的家吗？看起来既隐秘又安全。洞口的老荆藤，垂下几条互相缠绕的藤蔓，倒像是小矮人爬树用的绳索。有只蚂蚁跑进去做客，莉莉也好奇地走进去一探究竟，蟋蟀们在一旁轻声唱着似乎永无休止的曲子。迎风处的月桃，叶缘被吹裂开来，叶面色彩斑驳，看去像历尽风霜的妇人，花梗上留有最后一颗褪色的果实，再艰难也要撑到种子成熟才肯落地。走了一趟山路回来，那群褐头鹪莺还没玩腻。（12月13日）

光叶薯蓣的茎藤

光叶薯蓣攀爬在树干上。

光叶薯蓣

山上蜿蜒的小径旁，一棵枯松木横躺在枯叶上，蔓九节顺势攀爬在枯松木上，两面针从一旁的枯木堆中钻出来。在蜘蛛网和枯叶间，五六条直径约二厘米的茎藤，仿佛从水中冒出的蛟龙，盘踞在一起，茎条上满是三角形木头质感的棘刺。

光叶薯蓣从土中长出粗细不一的茎条，像缠绕在电线杆上的有线电视缆线般，攀爬在一棵直立的枯松木顶，呈现直角三角形的布局。抬头看枯松木到底有多高时，才察觉这棵原本七米高的枯木从腰部断裂后，完全靠着光叶薯蓣藤蔓的力量支撑着，这让上面那段三米长的枯木一直悬在半空中。历经几次台风后，周围的好多枯木都倒了，它还是不惧强风，只是摇来晃去、嘎嘎作响，却不掉落。盘结的茎条中，有一长串绿色果实造型很特别，摘一枚果实戴在鼻头上，酷似京剧里的丑角。成熟后的淡褐色果实裂开来，飘下咖啡色、如蚕丝般、圆形薄片状的种子。

池塘边，野牡丹和紫苏草从纷杂的枯芒草丛中探出头来，似乎急着跟好久不见的太阳打招呼。一只蛾躺在水面上随风漂泊，突然振动了几下翅膀，竟然还有生命迹象。我将蛾捞起放在枝干上，发现鳞片状的翅膀有防水的作用，不过它已没有力气再飞了。

浅滩上，一只只小蝌蚪正贴着泥壁戏水，我用手指轻触，它们扭扭身体，马上藏身到泥泞里。（12月19日）

光叶薯蓣的果实

紫苏草

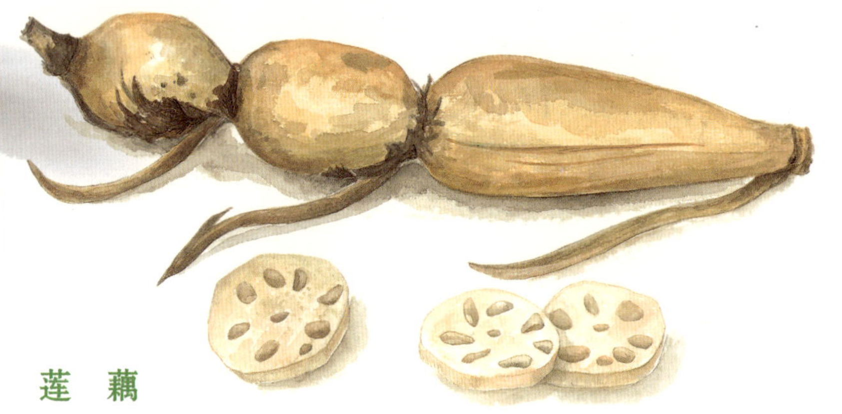

莲　藕

冬日午后的光线，在白色画纸上不停变化着，一会儿好暗，一会儿又亮得刺眼。云飘来飘去，光线忽明忽暗，瞳孔随之缩小和放大，这让眼睛不太舒服。还是到阳台上看看植物吧！红蝴蝶咖啡色的豆荚成熟了，种子弹落一地，豆荚张开后卷曲呈人字型。一只螳螂站在酒瓶兰的叶片上，像一位穿着绿色燕尾服的指挥家，举得高高的前脚像一双拿着指挥棒的手，这会儿屏气凝神，正准备滑下指挥棒。秋天长出的番茄幼苗，不知是季节不对还是缺少养分，一直长不大。台湾百合长出的新芽中，有一株长得又肥又绿。

回到屋里，听见莉莉发出吼叫声，原来是儿子放学了。儿子离家愈近，莉莉的尾巴跟着他的脚步声也愈甩愈急。儿子一回到家，就拿出便当盒端给莉莉，不知道是他吃不完还是故意留的饭菜，总之莉莉会将剩菜一扫而光，便当盒也舔得干干净净。

傍晚，朋友送来了自己种的有机莲藕，附赠一本莲藕食谱。文人爱用莲藕来形容“切不断、理还乱”的爱情，但当我把莲藕的外皮洗净，一刀切下时却干净利落，只有少许的丝，并没有藕断丝连，看来莲藕的品质和气候、品种、肥料及土质都有关。

看了食谱后，儿子想吃炸藕丸，却丢了一句好狠的话：“我就不信你做得出来！”我试着做做看，先把莲藕打成泥，加入砂糖，在热锅里搅拌后加入地瓜粉拌匀，阵阵藕香四溢，待凉后加入太白粉搓成圆球，不知是那道工序出了问题，黏糊糊的难以搓揉成团。炸好后，各种形状的藕丸出炉，还好味道不错，大家都抢着吃。另外，晚饭桌上还有一锅莲藕排骨汤，我一面享受鲜美的莲藕汤，一面思考着莲藕和爱情的关系。（12 月 21 日）

到朋友的有机菜园里拔樱桃萝卜，那鲜艳的桃红色块茎真令人心动。

大头茶

每次看到大头茶开花，总是忍不住多瞧它一眼。我如果能变成蜜蜂那么小，就要躺在它那洁白又温暖的花被里睡个觉，看看蓝天、白云，无忧无虑地任轻风摇摆花床，肚子饿时还可享受从花心冒出来的甜甜花蜜。或许还会有只南飞的燕子停在枝叶间休息，那么就请它顺便载我一程，让我将身体伏在它柔软的羽毛背上，忽高忽低，自在地在天空中遨游吧。（12月22日）

白匏子的家

是谁的家呢？门口布满绿色和浅褐色的芒萁叶，周围还点缀了红色的吕宋荚蒾果实，屋子里外铺满针叶和咖啡色调的叶片。我蹲下来顺着光线往里瞧，原来是一株白匏子的幼苗住在里头。

山路旁干枯的草丛边，一只体长约五厘米的灰黑色老鼠肚皮朝天躺在地上，四只脚僵硬地高高举着，大张着嘴，一脸痛苦的表情。一群小小的蚂蚁，在老鼠身上走来走去，像是在讨论如何搬运这肥美的午餐。一旁的吕宋荚蒾叶片上，停着一只青凤蝶，左右翅膀上各有一道荧光青的飞镖形图案。突然，一阵强风把它的翅膀吹起，哇，翅膀下果然有红色斑纹。（12 月 23 日）

木芙蓉

冬日暖暖的阳光，把人晒得真舒服。将被单、床罩和衣服拿到阳台上晒晒，低头一看，邻居家的猫也跑过来做日光浴。中午，和朋友经过一处废工地，竟有意外惊喜——四米高的木芙蓉不甘寂寞，将枝条伸出围栏，开出美丽的花朵——实在太喜欢，随手摘了盛开的花和满是花蕾的枝条带回家。

小睡片刻后，只见木芙蓉的花瓣已微向内合，赶紧开工，才画了花蕊，阳光就被乌云挡住，将阳台上的衣物收进屋后，花朵也急着凋谢。这么美丽的花儿，只绽放一天，真可惜！赶紧将带花苞的枝条浸在水中，放在阴凉处。第二天，花枝吸足水分，又经过一夜的调养，看上去精神奕奕，只是令人怀疑：如此硕大的花骨朵，怎么连一朵都没开？于是拨开花萼，看个究竟，原来枝条上长的不是花蕾，而是长满绵毛的蒴果，里面有五瓣，拿出一瓣拨开，露出棉球般未成熟的种子。

隔了几天，又来到木芙蓉的植株下，只见伸出围栏的花朵都谢了。围栏和山壁间有道小缝，侧着身挤进去，穿过粗藤蔓、野草丛，以及废木板、旧沙发和棉被堆成的垃圾山，好不容易才来到木芙蓉的树下。我的突然造访，不但引起一阵狗吠声，也惊动了一旁的住户，好在这回终于采到了新鲜的花朵。白色的花瓣上有淡粉红的线条，线条间有细微的明暗变化，花瓣边缘呈波浪状起伏，有些部分还轻轻翻起，平添了几分俏丽。是哪只虫这么顽皮？纵使肚子饿了也不把整片叶子吃干净，而是在每片叶子上都做了记录，这边一处咬痕，那边一个啃洞。可能是花朵实在太美了，连虫儿也舍不得吃。

（12月24日）

圣诞饰品

早晨，从纱帽山飘来的一层薄雾，和地热谷冒出的白烟连接，一直往观音山的方向散去。同时，整个台北盆地的上空，都是水蓝的颜色，只有七星山被一大片云罩住山头。黄澄澄的阳光斜照在树林里，矮丛里芒萁叶、枯枝和山莓荆棘衬托下的菝葜红果子，分外惹人注目。带露珠的果子好鲜活，就像刚从冰箱里拿出来的红苹果，表皮沁出一层密密麻麻的小水珠，美得简直让人喘不过气来。

水珠停在野牡丹细绒毛遍布的叶片上，霜一样美丽，若正被阳光照射，仿佛钻石般闪亮。开着乳白色花的小花鼠刺，引来好多小蜜蜂。蜜蜂们抱住小白花，伸出口器，这朵吸吸，那朵舔舔，每一朵都不放过，一副好认真的模样。采完一串后，它们会在空中将采到的花粉集中到后腿的篮子里，再快速飞到另一串花，继续工作。

沿着山路前行，一路上捡了枯枝和松果，又采了蔓九节、吕宋荚蒾、菝葜的果实和两三片有着锯齿叶缘的小花鼠刺叶子，将它们全部放在一起，就是圣诞节的最佳饰品。（12月25日）

大头茶树下的落花

冬风飒飒，山路旁一棵枯松木嘎嘎作响，随时都有倒下的可能。一只小松鼠忙着搬运过冬的粮食，在大树间来来回回好几趟，突然一溜烟不见了踪影。

大头茶树下的落花，像睡莲般浮在枯叶上，仿佛从土中开出一朵朵的白花。因飘下的角度不同，有些落花侧翻着，有些则花心朝下，像一件件用花瓣缝制成的白裙，展示在装饰着枯枝和落叶的橱窗里，等待森林中的仙子来试穿。当仙子穿上舞裙，优雅地举高双手，金黄色的光线聚光灯般照射在森林舞台上，伴着清亮的乐章，她跳起一圈又一圈的华尔兹，白色花裙随着音乐旋转，渐渐变成褐色，消失在枯枝和落叶的缝隙间，最后和泥土融为一体。

一群绣眼画眉，眼睛周围好像被白色画笔描了一圈，停在灌木丛上，叽叽喳喳地叫着，希望花仙子再舞一曲。走到一处野草丛，发现了一只咖啡色、黄褐色羽毛交杂的竹鸡。它在山路上寻寻觅觅，样子真可爱，我靠近些想看得更清楚，它却已害羞地藏身进谷形的矮丛里。放慢脚步，轻轻走过丛林时，一大一小两只竹鸡倏地飞起，吓我一跳。飞到半空中时，它们还排了粪便，还好我没被淋到。一旁的山路上，一只老鼠不知被什么动物咬伤，脖子上有个伤口，地上有一摊鲜血。我用枝条把老鼠拨到矮丛下，尸体还是软的。（12 月 26 日）

广东蛇葡萄

山上的小路旁有棵姿态优雅的植物，看上去和我一般高，经过时总不忘多看它一眼。本以为是棵灌木，侧着头仔细看它枝条生长的方向，循着叶子连到茎再找到主干，原来是棵爬藤攀附着一棵颔垂豆。另一处山坡旁也出现了一样的植物，却是沿着地面生长，植株上长了好多红的、绿的、黑的果实。摘了颗成熟的黑色浆果吃吃看，带着微微的甜头；再试一颗红色的，涩涩的，吃完整个喉咙都紧了起来。

去年九月，开始画广东蛇葡萄，画了绿叶和果实就搁置下来，一直没完成，隔了一年多才继续完成这幅画。画面上呈现出不同季节的有趣现象，左边画的是将要进入初秋的景色，右边展现的则是进入深冬的样子，因而产生了颜色和季节的对比。前景的蝴蝶是儿子放学时在地上捡的，已奄奄一息；后面的蝗虫是在洗衣间发现的，不料只配合我画到一半就逃走了。（12月27日）

冬日阳台上的广东蛇葡萄，一副无精打采的样子，枯萎的枝条上沉积着灰尘；山上的广东蛇葡萄，绿叶不见了，只留下微卷的橘红叶片。最喜欢欣赏它们那自然盘绕的藤蔓，好美！

菝葜的果实

毛毛细雨，似乎永远都不会停。我刚戴上帽子，莉莉已挺着胸膛蹲在门口等着，我本来想到市场买菜的，却只好先带它到山上走走。山路旁的一棵菝葜，沿着枫香树干生长，结了好多果实。二三十颗小果子个个像红色气球，聚合成一束，仿佛要挣脱枝干飞上天空。从春天开花到秋天结成果实，它终日暴晒在外头，没有家可以遮风挡雨，还能长成这般惹人爱的模样，真不简单，尽管几颗果实的脸上长了斑点，但依旧美丽。一双琉璃蛱蝶的幼虫正努力吃着菝葜的叶片，细看，几乎每一片叶子都有被咬过的痕迹。我蹲在一旁用画笔记录着，莉莉无聊地吃起山黄麻叶和野棉花叶，不知有什么疗效？画桌上菝葜那鲜红的果实，有的像小樱桃般红得发亮，有的脸上抹了白粉，像是擦了保养品般，晶莹剔透。一颗偷偷溜到调色盘底下，和我玩起捉迷藏，还是被我逮到了，羞红了脸，一副不好意思的样子。（12 月 28 日）

堇 菜

堇菜，无论它的花色还是形状都极讨人喜欢，可是因为太小了，很容易被人忽略。当初我在台阶前发现并小心地采回家，一心期待它的花苞开花。等了几天也不见开花，后来花苞日渐长大，里面却长出果实，等果实成熟后裂开，种子便弹射出来。原来，它有两种形态的花苞，一种是真的花苞，有花瓣，会绽放开来；另一种是闭锁花，花苞里的雄蕊和雌蕊悄悄地完成“自花授粉”，留下种子。（12 月 29 日）

大头艾纳香

上星期山路两旁的灌木和野草丛被无情的割草机铲除了，留在路旁鲜绿的叶片如今已变成了一堆堆冷暖色调交错的线条。每株野草都急着穿过厚厚的干草堆，亮出最美丽的叶片，重新再活一次，就让那些被割除的枝叶变成肥美的养分吧！

令人惊讶的是，堆在一旁的被铲断根的一株牵牛花竟然开花了。走近一看，虽然断了茎条的叶片已经枯卷，但它还是用尽最后的力气开出一朵小小的花朵。在偏阴凉的山路旁，躲在香楠树旁的大头艾纳香，附在车桑子身上生长。这会儿，大头艾纳香垂下茎条，开着黄色花，仿佛一位弱不禁风、身材纤细的女子。之后，黄色的花会慢慢变成淡紫色，果实长出来，待种子成熟后，绒毛会带着种子有点感伤地飞走。

灰灰的天空，阴沉沉的天气，连靠窗的画桌上自然光也暗暗的。莉莉霸占着两人座的沙发，四只脚伸得笔直，睡得深沉，偶尔像做了噩梦一样抽搐着，还不时发出喘气声，和收音机中小提琴拉奏时发出的叹息声混在一起，分不出哪些是乐声，哪些是莉莉发出的呼吸声。我正想午睡，阳光乍现，舍不得这难得的阳光，赶紧画了大头艾纳香。（12月30日）

暗红带点桃紫色的花

前段日子，在巷子口的花坛中发现了一棵植物，开着暗红带点桃紫色的美丽花朵。每次经过，总被它那特别的颜色所吸引，忍不住内心里想在画布上给它留影的欲望，于是向邻居要了一段小枝带回家。

将花插在水瓶里，娇嫩的花瓣已开始凋零，想动笔时，这朵花竟像掉了妆又熬夜的女人，我只好盯着那憔悴的面容直惋惜！过了两个星期，惊喜发现那段小枝的茎叶依旧，帮它添水时，更惊喜地发现它的茎上竟然长出根来，趁着雨天，赶紧种进阳台上的花盆里。两个星期后，长高的植株上竟长出花蕾，想不到这么娇嫩的花，竟这么容易栽种。

昨天清晨浇花时，含苞的花瓣已从花萼中露出来，到了傍晚，花瓣已伸长了一倍。今天清晨，爬山回来，果真看到了令人惊艳的花朵，将整盆花搬进屋里，不疾不徐地慢慢画。午后一点，每一片花瓣都微微向内翻，慢慢地卷起后交叠在一起，连凋谢的姿态也那么优雅，无形中仿佛有一双灵巧的手，像折纸般依照步骤循序渐进地翻折着花瓣。

做好晚餐后，将花盆搬回阳台，这才发现凋谢的花朵犹如一件灯笼裙般美丽。正要放回原处，发现垫在花盆底下的报纸上有两片卷曲的枯叶，拿起报纸一看，原来是两只肥肥的蛞蝓。报纸被它们用锉刀嘴吃掉了彩色版面上的油墨，只留下薄薄的一层白纸，就像被修正液涂过一样。只好将软软湿湿的蛞蝓放进花盆，不料，手指也变得黏黏的，尽管大拇指和食指互相揉搓，仍洗不掉那透明的黏液，最后用菜瓜布轻搓，才洗干净。（12月31日）

画面上是去年种的金鱼草，一串串的花开得好鲜艳，花朵还散发着淡雅的清香。用手指一捏它的唇形花筒，它便张开鱼嘴般的花唇，露出花蕊。

今年种的金鱼草，不知是品种问题，还是体质太弱，既长不高又经不起天气剧烈变化，花朵虽艳丽，但很快就枯萎。

【后记】

沿着岁月小径，穿过葛藤缠绕的迷宫，眼前是生机勃勃的花园。

林麗琪

大自然中长大

我出生在宜兰靠近海边的乡下，我家的屋子旁种了一圈高高的竹子，前院有好多美丽的花，房屋四周是田地，没有邻居。

小时候，我走路总是跌跌撞撞，所以出门会戴上一顶大大的安全帽；我常常跟哥哥到河里捞鱼虾，记得有好几次，他还被水蛇咬伤；我也常看着他爬上电线杆抓小鸟，拉起弹弓对着竹林里的小鸟发射。

我最喜欢在竹子上绑绳子荡秋千；虽努力学着爬上椰子树，却怎么也学不会。等妹妹长大些，稻草堆旁成了我们玩“扮家家酒”的最好场所，我会到田边采野花和果实当材料，拿朱槿的叶子当盘子，用削铅笔的小刀代替菜刀，做出一盘盘精致美丽的菜肴。偶尔受伤，就揉捏白色藿香蓟的叶片，将汁液敷在伤口上。雨天也不会无聊，在屋里用彩色铅笔画小纸人，布置小纸人的家，设计与众不同的衣裳给纸娃娃穿上，也不知玩了多少遍王子向公主求婚的游戏，这些都满足了我爱画画的手和想象的嗜好。

偶尔我还会偷偷跑到离家不算远的海边，在两三米高的沙堆上尽情玩耍，爬到沙堆的尖顶再顺势滑下，那真是过瘾。我

们还从沙滩上拔起马鞍藤的茎当大跳绳……虽然我每次离开海边时都将身上的沙子拍干净，却还是逃不过妈妈锐利的眼睛，总是挨打！

幼时的愿望

上小学一年级时，美术老师讲了一个神话故事，要求我们根据故事中的情境自由想象完成一幅画。依稀记得，当时我画了一位少女，坐在清澈的湖畔看着自己美丽的倒影。这幅画面深植内心，让我萌生了一个愿望——画一本属于自己的书！

念商校时没有美术课，搞不清繁杂的会计图表，就爱在课本上涂涂画画。有一次不幸被老师逮住，他故意出问题要我回答，还把课本一页一页地翻给同学们看，害我当场出丑。高中二年级时还迷上了摄影，常在我家附近拍照，抽空也学了两个月的素描。

结缘北投

一九七六年，因参加姑姑的婚礼，第一次邂逅新北投，男方亲戚招待我们到地热谷、新北投公园和阳明山游玩一番。一段段山路绕得我晕头转向，当时只对地热谷的自然溪流和硫黄散发的气味印象深刻。

一九八三年，第二次到北投，是朋友（也是现在的先生）带我到他的舅舅家玩。我们走到奇岩路，散步到情人庙（已改名为照明净寺），再从山路绕回陈济棠将军墓园和中和禅寺。以前总觉得爬山是件很累人的事，但在有趣健谈的他陪伴和引领下，那次爬山给我留下了美好的回忆。是缘分还是注定，这段山路竟成了我的生命之路，每一天都给我带来惊喜，也成就了我与大自然之间的亲密接触。

寻找自我

婚后，先生去台北工作，在公婆帮忙照顾小孩的情况下，我专心学习插花。直到一九九〇年，我和两个幼小的孩子才从宜兰搬到北投，一家人真真正正生活在一起。整天忙着照顾孩子，做各种家务，闲暇之余，我总在思考同龄的人都在做些什么呢。有一天，三岁大的儿子以河洛语告诉我：“妈妈，你呐亲像神明咧！”原来他形容的是我想事情时呆滞的眼神、一动不动的坐姿和不快乐的表情。那时的我有种不安和迷惘，根本不知道什么时候才会有充裕的时间做点自己的事。

我常常梦见自己想回学校上课，却无法实现；想跳下水痛快游泳，不是池子里没水，就是划不动。记得有一次自己挤出时间来上街闲逛，竟快乐得像只逃出牢笼的鸟儿一样。为了培养孩子的阅读习惯，同时也满足自己偏爱图画的嗜好，我陆陆续续买了不少的图画书和孩子一起读。常常是精疲力竭地一遍又一遍地重复着故事中的情节，却已累得语无伦次而说起梦话。有时儿子把我摇醒，大声说："妈！你在讲什么？""算了！我自己看好了。"

我的内心像一块干硬龟裂的土地，渴望汲取新鲜知识。一日，无意间从收音机广播节目中听到"东西方美学"录音带外借的消息，于是我开始了听录音带学习艺术的旅程。这期间，也常带着孩子走到丹凤山去，发现那里的花草、昆虫和乡下是那么不一样，这才渐渐体验到了自然的丰富多样性。

儿子最喜欢在松涛树林的大岩石上探寻凹洞里的秘密。经过风吹日晒、雨水冲刷，石洞里藏满了小孩眼中的奇珍异宝。每次有什么新发现，儿子都兴奋地叫我看，还把松树下的针叶堆成一堆，上面摆几根枯枝，放几块石头，就成了一个家。如今这块巨石已经滑下山谷，只留下一面警示牌，上面写着"请游客勿在此地逗留"。

闯入生活的流浪狗——莉莉

儿子几乎每天都穿着"洞洞衣"上学，除了他自己跌破的，剩下的全是莉莉的杰作。我只好一次次地踩着裁缝机的踏板补衣服。莉莉是在一九九八年四月初闯入我们的生活的。那天，我正要到阳台晾衣服，忽然在矮墙下的花盆间发现一只像小鹿般、满身跳蚤的流浪幼犬。我蹲下来靠近它，它马上发出恐吓声。我到屋里抓了把猫饲料给它，希望它填饱肚子后赶快离开，因为养狗实在是件麻烦的事。生怕被爱狗的儿子撞见，我好几次打开窗户偷看，小狗依旧杵在原地。果真被我料到，儿子一发现它，立刻吵着要收养。

取名叫莉莉，是因为它的四条腿修长，眼睛周围有着黑黑的一圈眼线。儿子打趣地说："它是不是跑到你的房间里偷偷

涂了化妆品？”先生用松木帮它在阳台搭了舒适的家，我从此过上了不幸的日子，生活被弄得一团乱，从早到晚没办法好好睡觉。莉莉就像不定时的闹钟，哀号着，因怕吵到邻居，只得时不时带它出去散步。它也曾偷偷溜到大马路上，被出租车撞伤，血淋淋地跛着走回家。渐渐长大后，它的吠声实在吓人，邻居终于忍无可忍，报了警。最后只好将莉莉养进屋里，和我们共同生活，成为家里的一员。

结果，它霸占了沙发椅，咬坏了无数双的鞋子和儿子心爱的玩具，对动物布偶尤其感兴趣。前一阵子，它迷上了皮卡丘，最近又专找猫咪和小熊下手，咬断了尾巴、脖子，还扯下耳朵和嘴巴，于是我家阳台上常常挂满修补后清洗干净的布偶。出门时，它仗着人多势众，走起路来大摇大摆像狮子般威武，遇到危险，立马垂下尾巴，夹紧屁股。

不过，莉莉是儿子心情不好时倾诉的对象。画累了，我喜欢和它玩抢球游戏，立马精神百倍。而且，在莉莉的带领下，我养成了早起爬山的习惯，渐渐摆脱了困扰我多年的筋骨痛。它还是抓蟑螂和苍蝇的好手，又是看家能手。两个多月前，约凌晨两点，我睡得正熟，莉莉突然狂吠起来，随即闻到一股塑胶烧毁的味道。天亮才发现，铝门纱窗锁的下方被烧了个直径两厘米多的圆形漏洞，原来小偷正要闯入时，被莉莉高分贝的吠声吓走了。先生说要给莉莉封个官名，还要让它左腰佩刀、右腰悬剑，以保卫全家。

妈妈绘画班

一九九五年九月，两个小孩子都上学了，我终于有了每天三个小时的自由时间。满怀着理想，我参加了由郑明进老师指导的“妈妈绘画班”。一些没拿过画笔的妈妈们，忐忑不安地问自己真的能画吗。老师说：“会拿筷子吃饭就会拿笔画画，不需要想太多，只要有勇气拿笔，坚持下来就会有成果。”第二堂课时，我拿了以前的作品给老师看，并说了我的愿望，老师认可并赞赏。从此，我就把全部的精力用在画画上，像踩进流沙般，愈陷愈深，还好画笔填补了我内心的空白，让生命从此多姿多彩。

在郑老师指导下，我们首先近距离描绘造型简单的水果，其次画身边随手可得的熟悉物品，再次画自己的脸和手，也可自由取材，画一些纽扣般大小的东西。这些无形中培养了我细腻的心思和笔触。放亮眼、多用心，同学们纷纷画出一张张情感丰富的作品。老师给我几句赞美，真的让我高兴好久好久；画画班的同学也给了我莫大的鼓励——当我把作品拿出来时，大家纷纷说“哇！”的那种瞪大眼睛、惊叹的表情，给我内心极大的喜悦和温暖，更是我前进的动力。有人说，背后有只推动的手，才会有往前冲的力量。对我来说，绘画就像谈恋爱一样，家人的不耐烦反而给我一种证明自己的优秀给他们看的力量，老师和同学们给我的信心和肯定，满足了我的成就感，也深深地感动了我。

家庭主妇的时间

两个小孩子在屋里打闹着，我逃到阳台，以免被殃及，眼前的一花一草总是能给我喘息的空间。邻居说：“你看植物的时间比看小孩的要多。”才一会儿，儿子便在屋里嚷着：“妈妈！我肚子好饿，你到底什么时候才要做饭？”我是个习惯于天天做菜的妈妈，只不过有时候会因为画画耽搁一点时间，但总会在最后关头——先生快要回来时，冲到厨房，快速烹调一桌饭菜。

先生帮我钉了一张画桌，朋友送的陶器拿来装画笔、当调色盘。我的画桌上经常很乱，上面有儿子的作业簿、我的各种参考书和画具……任何东西都有可能在这里出现。先生常笑我，家里的厨房用具有可能出现在任何地方，还好他学了卜卦，有时屈指一算，就会毫不费时地帮我找到东西。有一次，先生下班回家，一进门就说：“我们家是不是来了小偷？”原来，他眼前是一大堆从阳台收进来还没叠的衣服和乱七八糟的玩具以及漫天飞舞的狗毛，他忍不住说：“如果你对家里能像对画画那么用心就好了！”

聚会

从一九九八年一月起，郑老师认为我们已经可以自由创作了，“妈妈画画班”于是由每周五上课一次改为每年八次的聚会。这学期的最后一次聚会，大家约好每个人准备一道菜，等上完课，一起用餐。和平常一样，老师背了两大袋子的资料，这次还多了一个装满书的纸箱。我们抽奖，他以书作为奖品赠送。依照惯例，同学们带来了这个月的作品让大家欣赏，请老师讲评。

用餐时间到了，大家纷纷拿出来大包小包，香喷喷的味道弥漫开来，真令人兴奋，有的同学还一大早起来做包子、点心、鱼丸……人生能有这样的机缘，与老师同学真情相待，真是幸福。

睡前，我把一叠厚厚的作品拿出来回味，与先生分享内心的感受，很满足地关灯入睡。哪知才将身子缩进被窝里，脚突然碰触到坚锐的东西，吓了一大跳！起身掀被一看，原来是莉莉把咬得快不成形的塑胶骨头藏在棉被底下，给这美好的一天画下了令人错愕的句号。

梦想实现

一九九七年，我参加了大树文化事业股份有限公司的“野花日记征文”活动，之后野花日记本跟着我到处跑，只要看到不曾记录的植物，随手就用铅笔速描下植物的外形和特征。两年的野外奔波，虽然让脸上的斑点愈来愈明显，我的内心却像个小女孩，享受着观察大自然一花一草一树带来的乐趣。也因为这次机缘，认识了总编辑张蕙芬小姐，很幸运，我出书的理想终于有了实现的一天。

山野田园是我创作的灵感源泉，喜欢散步、爬山的我，每天观察，发现大自然的无穷奥妙。现在虽然稿子交了，但身旁仍有不断的惊喜出现，这是一份永远写不完也画不完的作业。

能认识郑明进老师是我最大的福气，他给我好的理念，引导我找到最适合自己的路；感谢郑元春老师的肯定；也感谢把我当女儿般疼惜的宝玉和淑惠，还有住在对面的长期对我关照的舅舅，以及最喜欢欣赏和批评的两个妹妹；也谢谢公婆和爸妈，每次回宜兰，那塞满后车厢的重重的新鲜蔬菜透露出的全是暖暖的亲情。最后感谢青岛出版社，将我的这本自然生活日记出版发行，希望读者朋友们读后也能多多走进自然。只要张开双眼用心聆听原野的美妙，就会发现自然是位抚慰心灵的好朋友。

图书在版编目（CIP）数据

美绘生活·秘密花园 / 林丽琪著. —青岛：青岛出版社，2015.2
ISBN 978-7-5552-1425-0
Ⅰ. ①美… Ⅱ. ①林… Ⅲ. ①散文集－中国－当代 Ⅳ. ①I267

中国版本图书馆CIP数据核字(2014)第309315号

本书由远见天下文化出版股份有限公司授权出版，限在大陆地区发行。
山东省版权局著作权合同登记号　图字：15-2014-258号

书　　名	美绘生活·秘密花园
著　　者	林丽琪
出版发行	青岛出版社
社　　址	青岛市海尔路182号（266061）
本社网址	http://www.qdpub.com
邮购电话	13335059110　（0532）85814750（传真）　（0532）68068026
选题策划	谢　蔚　刘怀莲
责任编辑	孙　芳
特约审订	刘　晔　孙英宝
装帧设计	稻　田
照　　排	青岛竖仁广告有限公司
印　　刷	山东鸿杰印务集团有限公司
出版日期	2015年9月第1版　2015年9月第1次印刷
开　　本	32开（890mm×1260mm）
印　　张	5.75
字　　数	120千
书　　号	ISBN 978-7-5552-1425-0
定　　价	46.00元

编校质量、盗版监督服务电话　4006532017
青岛版图书售出后如发现质量问题，请寄回青岛出版社出版印务部调换。
电话：（0532）68068638